Noite Adentro

MENALTON BRAFF

Noite Adentro

São Paulo
2017

© Menalton Braff, 2013
1ª Edição, Global Editora, São Paulo 2017

Jefferson L. Alves — diretor editorial
Gustavo Henrique Tuna — editor assistente
Flávio Samuel — gerente de produção
Flavia Baggio — coordenação editorial
Fernanda Bincoletto — assistente editorial
Alice Camargo — revisão
Ana Dobón — capa
Dan Lewis/Shutterstock — foto de capa
Tathiana A. Inocêncio — projeto gráfico

Obra atualizada conforme o
NOVO ACORDO ORTOGRÁFICO DA LÍNGUA PORTUGUESA.

CIP-BRASIL. CATALOGAÇÃO NA FONTE
SINDICATO NACIONAL DOS EDITORES DE LIVROS, RJ

B791n

    Braff, Menalton, 1938-
       Noite adentro / Menalton Braff. - 1. ed. - São Paulo: Global, 2017.
       ISBN 978-85-260-2372-7
       1. Romance brasileiro. I. Título.

17-43085   CDD:869.93
                                                            CDU:821.134.3(81)-3

Direitos Reservados

global editora e distribuidora ltda.
Rua Pirapitingui, 111 — Liberdade
CEP 01508-020 — São Paulo — SP
Tel.: (11) 3277-7999 — Fax: (11) 3277-8141
e-mail: global@globaleditora.com.br
www.globaleditora.com.br

Colabore com a produção científica e cultural.
Proibida a reprodução total ou parcial desta obra
sem a autorização do editor.

Nº de Catálogo: **3970**

Para Roseli,

companheira de todos os momentos.

Capítulo 1

Não entendo como um lugar pode ser hostil, uma qualidade tão humana, mas é como sinto esta cidade. Desde a primeira vez que vim aqui sozinha visitar meu pai, este lugar horroroso me olha com desconfiança. As ruas com jeito de armadilhas, os bares onde entrei e que me repeliram, as árvores das praças, todas prestes a desabar por cima de mim. E o cheiro, este cheiro que não se define porque é mistura das emanações de todos os detritos da cidade com os odores que sobem do rio. Uma cidade com alma humana, feia e rancorosa, uma cidade com humor de velha entrevada. Não gosto de vir aqui e não é por vontade que o faço, mas por necessidade, e acredito que seja esta a última vez.

Agora, por exemplo, me sinto observada, quer dizer, espionada por coisas e pessoas. Em parte, a culpa por estar sentada dentro do carro esperando é minha. O advogado me disse que ele estaria livre às nove horas. Com medo de chegar atrasada, saí de casa às quatro, noite ainda, tomei um café rápido no meio do caminho e cheguei às oito e meia. Minha mãe diz que tenho o pé mais pesado que o de meu avô. E que eu não me esqueça jamais do fim que ele teve. Oito e meia estacionei o carro aqui deste lado da rua, de onde posso ver o portão de ferro, supostamente entrada de veículos, pois até agora não fez um único movimento, e a porta a seu lado, muito pequena para parede tamanha. À minha direita, lento, pastoso, desce o rio carregando às costas a cor dos barros por onde andou fazendo caminho.

Um homem passa e se vira duas vezes para conferir o que pensou ter visto dentro do carro. Meu ar de ansiedade talvez o tenha impressionado. Coloco meus óculos escuros para esconder a direção dos olhos. Um barco desliza impulsionado por dois remos que produzem um ruído seco ao lhe baterem na borda. Quase ouço o que dizem os dois homens que pretendem alcançar a margem oposta do rio. Um deles parece acenar para o meu lado e o outro torce o pescoço querendo me ver. Existe alguma coisa de especial, um carro estacionado na frente de um presídio? Isso nunca aconteceu antes?

Na portaria, quando chegaram as nove horas, um sujeito de dólmã aberto no peito me disse que só faltava a assinatura do diretor. O restante da papelada estava pronta. Sim, ele respondeu ríspido, mas ninguém impõe horário ao diretor. Ele é quem determina o horário dos outros. Ninguém pode exigir que ele chegue antes ou depois, porque um detento está sendo libertado. Mas antes que ele chegue e assine, não se abre a porta pra ninguém. Sei, sei. Mas seu advogado não conhece nossos regulamentos. Não, não é às nove, mas a partir das nove, entende? Antes não. Só a partir das nove. Sei lá. Teve um dia que ele chegou às três da tarde. E não precisa dar satisfação a ninguém.

Percebi que ele estava ficando vermelho, perdendo a paciência comigo, então voltei para o carro. Já se passaram trinta minutos das nove. Devia ter trazido alguma coisa pra ler porque ando cansada desses joguinhos babacas do celular. Se entrar algum carro pelo portão, volto lá. Esse caminhão passando mistura seu cheiro de diesel com as outras emanações da cidade. Tenho umas balas na bolsa. Ainda bem, porque o cheiro parece que se solidifica e vem parar na boca.

O calor aqui dentro está ficando insuportável, mas, se abro a janela, as margens de barro apodrecido e plantas mortas inundam o carro. Corro o risco de ficar sem bateria, mas deixo o ventilador ligado.

Pelo retrovisor acompanho os passos velhos de um casal conduzindo o neto, as mãos tenras, ainda, protegidas pela pele seca e áspera dos avós. De repente somem no ponto cego e os perco de vista. Como se tivessem deixado de existir, pois poucos ruídos da cidade conseguem devassar os vidros fechados do carro. Meu coração para um instante, atento, na expectativa do que poderá acontecer nos próximos segundos. Em seguida sacode-se com o susto: a cara redonda e branca do menino colada no vidro do carona. Ele me olha através da barreira que nos separa e me assusta com as duas mãos cujas palmas estão grudadas no vidro. Ele move os lábios grossos e molhados, parece que me diz alguma coisa que não ouço. Ou imagina que morde meu rosto, pois seu aspecto é agressivo e meu coração agora se descontrola. Não sei se estou presa ou protegida aqui dentro. Os avós o puxam para o seu caminho e ele deixa as marcas de sua respiração na janela. Os três, que agora só vejo pelas costas, não devem ter um destino aonde chegar com urgência. Cinco passos adiante, viram-se em coreografado gesto e me observam. Os três com seus respectivos olhos grandes e escuros. Ao retomarem seu caminho, é necessário que se arrastem os sapatos pequenos e sujos nas lajes da calçada. Ele vai tenso, o menino, talvez irritado por não ter entendido o que faz uma mulher encerrada num aquário.

Um bando de crianças passa pela frente do presídio, sem parar seu canto misturado com gargalhadas. Eles pulam sobre um pé só, correm algumas braças, soltam no ar da manhã, que já está escaldante, gritos agudos, alegres como grugulejar de perus. O menino para um instante, as mãos soltas de suas proteções, observando aqueles seres com quem se identifica. Então, numa reação súbita, põe-se a pular num pé só, fazendo gestos desconexos, gritando e soltando gargalhadas. Ele não dá a menor importância à repreensão dos avós. Quando o bando se afasta, ele devolve suas mãos tenras à pele ressecada das mãos que o protegem. As crianças do bando já vão longe e delas só resta meu pensamento escuro: quantos deles poderão ainda ser hóspedes desse casarão aí em frente?

O barco finalmente entra em linha perpendicular na margem do outro lado do rio. Os dois homens descem com apetrechos que não identifico nas mãos. Agora eles são como insetos que se movem muito humanos. Passa uma carroça toda sacudida por causa do trote seco do cavalo. Esse coitado deve trabalhar muito e comer pouco. Ou errado: comida sem alimento. Me parece que ele trota sem perceber, dormindo, os olhos escondidos pelos tapa-olhos. As rédeas nas mãos do carroceiro é que o mantêm no caminho certo. Atrás da carroça, em marcha muito lenta, um carro manobra e espera que o portão seja aberto. É ele. Só pode ser ele, o diretor cuja assinatura prende e solta um homem e tem o controle da vida de muitos outros homens. Terrível imaginar o poder desses pequenos deuses que pululam por toda parte.

Capítulo 2

Poucos minutos antes da meia-noite, começaram a diminuir aquelas sombras que entravam e saíam do sobrado de cabeça baixa e silenciosamente. Da calçada, o lado de fora do portão que Maurício controlava, a velha desdentada e andrajosa via as janelas da sala iluminadas e às vezes ouvia vozes vindo lá de dentro, onde as pessoas tinham uns olhos dependurados e úmidos, com marcas de ansiedade no rosto (aqueles sulcos profundos descendo até as extremidades da boca), as rugas pregadas na testa e as vozes contidas em gargantas quase fechadas e abafadas pelas cortinas.

    Plantada com os pés chatos dentro de sapatos rotos, a velha não conseguia fechar a boca e esconder as gengivas em que apenas alguns dentes olhavam para a noite. Ela parecia mais ansiosa do que os parentes. Tinha sido enxotada dali mais de uma vez por Maurício, mas não desgrudava do portão.

Me deixa eu, repetia com sua garganta estragada, encolhendo-se com a passividade de um animal ferido. Alguma noção do que acontecia estava em seu olhar fixo nas janelas do sobrado. Ela sacudia a cabeça pensando que fosse um pêndulo, de repente parava e erguia o queixo bebendo a noite com a boca aberta e de passagem livre. Nem a garoa, que por alguns instantes resolveu estender seu lençol frio sobre a cidade, a fez abandonar o posto. Os panos que a cobriam, sua touca, toda ela há muito tinha perdido noção do que seja tempo, o tempo que escorre continuamente e sem descanso sobre todas as coisas, como o tempo também chamado de clima: sol, vento, chuva, frio e calor. As diferenças, na velha, já não contavam mais.

Eram duas horas que a torre da igreja estava anunciando quando se encontraram dois vultos, um que saía e outro que entrava, na calçada, na frente do portão, a três passos da velha. Ela não se mexeu, na esperança de não ser vista, mas Leôncio e Osório não estavam preocupados com sombra de qualquer espécie. Isto está demorando demais, comentou Leôncio, envolto pelo perfume que seu corpo exalava, naquele ar frio e fino recém-lavado pela garoa. Também acho. Um telefonema, não custava nada. A gente nesta angústia.

Leôncio comentou que daria um pulo até sua casa: descansar umas horas. Que desde o acidente. Pois não foi mesmo? O primeiro a chegar e ainda ajudou a ajeitar o doutor Madeira na caminhonete improvisada em ambulância.

Maurício, que cuidava da frente do sobrado, já tinha ido dormir, e o portão ficara por conta de quem quisesse entrar ou sair. Então a velha, com o coração atropelado, cheia de medo, esperou que Osório desaparecesse pela porta e o seguiu arrastando os sapatos no saibro, mas apenas até as proximidades de uma das janelas, de onde podia espiar o interior da sala. Sentada na poltrona ao lado do console onde o telefone tinha um ar neutro de objeto sem serventia, dona Júlia parecia rezar. Por cima da camisola, um robe pesado, como convinha àquela hora. Na poltrona paralela, Clara mexia-se aflita, por não ter mais o que dizer à patroa. Fazia já algumas horas que as duas mantinham-se na mesma posição, usadas todas as palavras. No sofá mais próximo, Sophia dormia estirada, uma blusa adulta cobrindo-lhe as pernas e parte do corpo. Seus quatro anos a mantinham alheia aos perigos da vida, por isso movia-se entre sonhos coloridos e sem bruxas ou fantasmas.

Depois de cumprimentar a amiga, Osório sentou-se do outro lado da sala e ficou conversando a meia-voz com mais dois amigos da casa que prometeram não se afastar enquanto não viesse notícia de Porto Cabelo. Um deles tossiu, porque levou a mão à boca e sacudiu o corpo. A menina remexeu-se, ameaçando acordar, e Clara apressou-se na tarefa de mantê-la bem longe daquela expectativa dolorosa e adulta.

A velha não sabia que as horas tinham passado e moveu os lábios no rosto azedo, expressão confusa do que lhe passava pela cabeça: bando de pássaros disformes a esvoaçar pela madrugada sem ritmo ou rumo. Na sala, além de Sophia, ninguém mais dormia, pelo menos de olhos fechados — a consciência passeando por esferas fantásticas e sem controle. Todavia, há muito tempo que estavam todos calados, cada um suportando a espera à sua maneira, envolvido em cogitações a tal ponto tênues que já não era necessário compartilhar com ninguém.

Algum latido inútil de cachorro insone, o diálogo distante de galos em serviço de resposta, sem saber quem tinha começado a conversa, o pio de uma coruja, subindo da igreja ali do outro lado da praça, e nada mais se ouvia. A velha sacudiu ainda mais a cabeça, movendo com rapidez os lábios, irritada com tanto silêncio. Foi a violência dos faróis de um carro embocado na direção do sobrado e esperando que o portão se abrisse que fez a velha correr pela sombra das árvores até abaixar-se escondida atrás do muro, em posição que pudesse ganhar a rua rapidamente. Só depois de duas vezes a buzina soar foi que Maurício veio com os joelhos duros e os pés tropeçando no sono para abrir o portão.

Quando Laerte subiu a escada e apareceu na porta, que Osório veio abrir, a sala agitou-se, com gente se levantando, falando em voz de se ouvir. Do interior do sobrado, corredores, cozinha, apareceram olhos inchados de tanto sono em rostos marcados pela ansiedade: fiapos de cabelo descendo desordenadamente. Enfim, depois de tantas horas, um acontecimento.

Laerte, chegando assim, de terno e gravata, tinha todo aspecto de uma solução, a notícia esperada, alguém que veio aliviar as dores. Vendo semblantes transtornados, os que ele encontrou na sala do doutor Madeira, escusou-se de sorrir nos cumprimentos. Todos, quase em fila, vieram apertar-lhe a mão antes de formarem um semicírculo do qual o farmacêutico ocupava exatamente o meio do diâmetro. Os músculos de seu rosto se contraíram para que ele começasse as notícias. Que sim, estava no hospital e recebia o tratamento para esses casos. O doutor Murilo e a Lúcia tinham ficado acompanhando os procedimentos médicos. Não, ainda em coma. Sim, o que há de melhor na cidade. Médicos e enfermeiros arrancados da cama, movimentando a cidade.

Na pausa que se seguiu à explanação de Laerte, todos olharam para Sophia, que novamente se mexeu e engroulou algumas palavras que só os anjos puderam entender. Laerte se despediu, apesar de morar do outro lado da rua, os empregados foram aos poucos se retirando, o mesmo fizeram os amigos, restando na sala, à espera de algum telefonema, apenas dona Júlia e Osório, sentados onde estiveram antes, agora mais silenciosos ainda, dormitando e sonhando com tropeços e quedas, o pescoço mal suportando a cabeça pesada.

Capítulo 3

Meu primeiro impulso é sair correndo atrás do carro. Sou sempre assim, movida a impulsos, e os freios que tenho de usar, que fui aprendendo a usar de acordo com a vida e suas necessidades, muitas vezes me cansam. Não saio e fico pensando, como forma de refrear minha vontade. Agora, o portão aberto, ele entra no pátio que mal pressinto entre os dois prédios gêmeos. Deve dirigir devagar, pois é ambiente de trabalho para muito funcionário sob seu comando. Imagino que esteja agora chegando à garagem, onde o carro vai ficar estacionado à sombra. Recebe os cumprimentos de manobrista, mecânicos e outros uniformes pardos. Não deixa de responder aos cumprimentos. Sereno, confiante na própria força. Sente-se generoso por dar atenção àqueles que considera seus inferiores. Faz bem à sua alma pensar que é um homem generoso. Chama o elevador, no fundo da garagem, o lugar mais escuro, e espera querendo parecer tranquilo, mas seus dedos tamborilam na parede. Por fim, ascende para seu trono, onde deverá receber papéis e pessoas, tudo devidamente carimbado e pronto para seu despacho. Mas no corredor, antes de chegar à sala do trono, encontra um funcionário que o prende com comentários a respeito da sexualidade de um colega. O diretor se aborrece com tamanho puxa-saquismo, sacode a cabeça como resposta e continua caminhando. As histórias. Todos os dias ouve histórias. Ainda bem que faltam poucos anos para que se aposente. Muito melhor uma praia no fim da tarde do que ouvir tudo que lhe querem relatar. Faz um trejeito de nojo com a boca e olha para o delator com vontade de esmagar uma barata com o pé. Mas não existem baratas por perto, por isso abre a porta de seu gabinete e entra.

Corro agora até a portaria? Acho que ainda não.

O diretor acaba de apertar um botão e enfia os dedos pelo cabelo prevendo um longo dia, longo e aborrecido, em que fará as mesmas coisas que vem fazendo há mais de vinte anos. Antes que a porta se abra para o funcionário da administração, ele abre os braços com a amplitude que pode, abre a boca e comprime as pálpebras. Pronto, agora já pode começar o trabalho. Entre as diversas pastas, uma é de meu pai. Ele assina sem conferir o assunto que está despachando por uma espécie de cansaço com a rotina, com a repetição de anos e anos. Devolve as pastas ao rapaz que espera de pé na frente de sua escrivaninha, então aperta novo botão e pede um cafezinho. Não, apenas um cafezinho. Sim, sim, com adoçante. A vida sedentária, ele deverá estar pensando, culpa dela. É fácil imaginar uma cintura transbordante, a papada encurtando o pescoço, o medo exigindo certa disciplina.

Saio agora? Já abri a porta, e é difícil retroceder depois do primeiro gesto. Eles exigem-se uns aos outros, a vida, enfim, precisa de algumas simetrias para que não seja inteiramente caótica. E nós as naturalizamos sem perceber. Aberta a porta do carro, que outra coisa me resta, como resposta lógica, senão erguer a perna esquerda, mover os braços, me apoiar nesta coluna e descer? É o que faço, mas ainda sem muita esperança de que esse diretor já tenha assinado alguma coisa. E bem, e se o carro que passou pelo portão de aço não é o do diretor? Temos o hábito de fixar algumas certezas apenas porque correspondem a uma necessidade de coerência entre tudo que acontece, mas principalmente a uma necessidade de lógica com que nossa mente quer organizar o mundo. Tanta gente passa por esse portão aí, por que pensar que deve ser o diretor?

Apesar das dúvidas, atravesso a rua correndo para não ter de esperar o caminhão que passa estremecendo um pedaço do planeta e fazendo um barulho que me invade com seu cheiro de combustível. E o vento com poeira que me agride pelas costas. Num pulo rápido, que me sai um *grand jeté*, ah, se me lembro, e já estou na calçada. A porta está aberta e duas mulheres, sentadas lá dentro, estão com a cara humilde de quem está esperando o marido. O funcionário da portaria me diz para aguardar mais dez minutos, seu Venâncio arrumando sua trouxa, e volto para o carro. O relógio pulsa moroso em meu pulso, pressa nenhuma. Minha mãe: você não sabe esperar. Dizer isso a vida toda não me alterou. Ela dizia. Tudo precisa de amadurecimento — seu modo de pensar. Eu, quando passava pelo pomar, também comia fruta verde. Mas ela, minha mãe, era quem me dizia sempre que eu deveria chegar primeiro. Isso é uma obsessão na vida dela. Chegar primeiro. Muitas vezes quem chega primeiro recebe a primeira paulada. Ou bebe água limpa, como costuma completar esse seu conceito de vida.

Percebo algum movimento no escuro da sala de espera. Removo meus óculos escuros para o alto da cabeça para ver melhor. Um vulto aproxima-se da porta com uma sacola na mão. Reconheço a barba do meu pai e atravesso novamente a rua com três saltos leves como se me preparasse para alçar voo. Ele me vê por dentro de um sorriso destreinado, e, antes de me abraçar com violência em seu corpo muito adulto, para quem pouco viveu, como ele, percebo as lágrimas com que seus olhos irrigam a barba ainda escura e farta.

As pessoas que passam pela calçada se detêm para admirar uma cena de fácil explicação, considerando este lugar, as histórias que circulam pelo bairro, as circunstâncias em que nos encontramos. Mesmo sabendo-me observada, não me largo de seu pescoço, os pés soltos no ar, um sentimento que vai da felicidade imensa, bem montanha, ao ódio por tudo que aconteceu com meu pai: as histórias que cresci ouvindo.

Ainda abraçados atravessamos a rua na direção do carro. Enxugo meus olhos com as costas da mão e vejo, finalmente, do outro lado do rio, os dois barqueiros acenando para o alto do barranco, onde alguns homens descarregam um caminhão. Como o senhor suportou este cheiro de podre por tanto tempo, meu pai? Ele sorri. Se você ficasse um dia inteiro nesta beira de rio, não sentiria mais cheiro nenhum. A humanidade se acostuma facilmente com a podridão. Ele me olha com olhar forte e me belisca a bochecha. Então abre os braços, ergue a cabeça e finge que vai abraçar o mundo. Agora: a vida! Por fim, deita a cabeça no capô do carro e passa cinco minutos chorando. Ouço a brisa que sobe do rio nos ramos das árvores, ouço vozes que parecem vir do fundo da terra e o abraço pelas costas. Ele faz bem em derramar ali na frente de sua morada de mais de vinte anos a mágoa com que teve de conviver por todo esse tempo.

Endireita o corpo, me olha com olhos de bordas vermelhas e diz com decisão, Estou pronto.

Capítulo 4

Tudo por causa do silêncio. O guarda-chuva pendurado no braço, dois ou três dentes tentando fechar a entrada da boca, a velha impacientou-se e foi postar-se rente à parede ensombrecida por umas trepadeiras que emolduravam a janela aberta, por onde ela apreciava com supremo gozo o interior daquela sala. Dona Júlia já desistira de manter-se em vigília e dormia sentada, a cabeça malsegura no alto do pescoço fino e torto: o queixo enfiado no peito. Apenas a entrada do ar em seu corpo, movimentando de leve cabeça e ombros, dava sinal de um ser vivente.

Osório, bem-sentado, firme no assento, mantinha o corpo todo em posição mais ou menos marcial, incluindo sua cabeça, em linha perpendicular, oscilante, às vezes, mas, em geral, perpendicular. A boca aberta ajudava a respiração, mas de vez em quando seus lábios tremiam com a expulsão do ar, e ele quase acordava com o ruído do próprio ronco. O sono leve de sentinela deixava-o de prontidão para alguma emergência.

Só Sophia dormia largada sem qualquer apreensão. Nem a mãe, por quem tinha iniciado a noite chorando, agora lhe fazia falta. A temperatura estava agradável e nada atrapalhava seu sono.

As luzes da farmácia foram finalmente todas apagadas, e a vida pareceu ainda mais distante. A velha desviou o olhar para a direção da praça. Sua cidade dormia, recolhida, imóvel. Ela suspirou e tossiu para expulsar o suspiro. Voz nenhuma, nenhum dos ruídos noturnos, velhos conhecidos seus. Nem os cachorros de Pouso do Sossego, em geral tão diligentes em suas tarefas de guarda (certificada por uma gritaria descabida), animavam-se a dar qualquer tipo de notícia uns aos outros.

Voltou então os olhos para o interior da sala, com calma, tempo sem limite a seu dispor, por isso examinou os móveis, as luminárias e os tapetes, por fim, deteve-se no rosto de Sophia, que parecia um tanto inchado, pois é como dormem as crianças. Sacudiu a cabeça sem saber se o próprio gesto era de reprovação ou de concordância. Sacudiu apenas por ser assim seu modo de perceber o mundo: uma coisa velha.

Uma lufada de vento sacudiu as folhas da trepadeira, mas não conseguiu entrar na sala, onde o sono foi subitamente afugentado pela estridência do telefone, que trouxe de volta do interior do sobrado alguns rostos desfeitos, expostos no quadrilátero da porta. Dona Júlia demorou alguns segundos até se localizar na vida e entender por que estava dormindo sentada com o telefone ao alcance da mão. Osório pôs-se de pé, estremunhado, e pensou que deveria ajudar, mas não atinava bem como faria isso. A menina remexeu-se ameaçando acordar, mas não era ainda sua hora.

Do lado de fora, os olhos num dos cantos inferiores da janela, a velha voltou a cabeça e vislumbrou, por entre galhos de sete copas e seringueiras, uma faixa mais clara do céu marcando a linha do horizonte escuro. Então grunhiu uns gemidos que subiam do fundo do peito estragado. E sacudiu o corpo todo, balançando os trapos com que se cobria. Parecia dizer alguma coisa para dentro de si, alguma coisa inarticulada que não podia ser expressa por palavras. De repente, dentro de sua cabeça explodiu um esplendor que não havia durado mais que um segundo. Então a velha teve a intuição da verdade e começou a chorar com as pálpebras apertadas, a boca aberta de onde escorria um fio comprido de baba. Ela encolheu, diminuiu, até sentar na grama em que pisava, a cabeça escondida entre os joelhos.

Um grito lancinou a noite, inaugurando o dia de desassossego: a cidade desamparada. Outros gritos vieram fazer-lhe companhia: um coro. Osório abriu com violência a porta da frente, ameaçou sair, gritar, dizer alguma coisa, mas a quem?, o que fazer debaixo de um céu ainda quase totalmente escuro?, então voltou para o interior da sala, calado, perplexo, movendo-se com ângulos de boneco de engonço. Por fim lembrou-se, rápido, gente, um copo d'água com açúcar. Bastante açúcar. E uma das gêmeas entrou pelo corredor correndo e chorando na direção da cozinha.

As luzes de algumas casas da cidade começaram a encerrar a noite. Um carro parou em frente ao sobrado e foi como, assustado, Maurício deu-se conta do que estava acontecendo. Veio até o portão de short e a blusa de um velho pijama. Chegaram dois homens a pé e aproveitaram a passagem do carro para também entrar. Escondida na sombra, ninguém percebia a presença da velha, que, encolhida, chorava muito desespero, mas chorava em silêncio, que é o choro mais dorido.

Começaram a ouvir-se conversas em movimento nas calçadas, e as palavras aproximavam-se com alguma cautela, mas sem hesitação. O caminho de saibro da entrada para o sobrado começou a ser pisoteado por grupos de dois, de três, que a luz nascente do sol ajudava a identificar: amigos, empregados, gente dos Madeira.

A velha aproveitou uma pausa nas entradas, esgueirou-se rente à garagem, enfiou-se pelo meio de uma cerca de tuia, apareceu do lado esquerdo do portão e ganhou a rua. Olhou para trás, as janelas agora todas iluminadas por onde se despejava o rumor de vozes. Abafadas, é claro, como sinal de respeito, mesmo assim audíveis até o lado de cima da praça. Deteve-se encostada a um poste, por algum tempo, observando quem entrava e quem saía do sobrado. O dia vinha surgindo com a brisa que movia de leve os galhos das árvores, então a velha escolheu um banco mais retirado do caminho que levava ao sobrado, sentou-se e suspirou com peito brusco em movimento. Seus olhos fechavam-se e abriam-se como se não tivessem mais utilidade alguma. Seus olhos de bordas vermelhas. Por fim, seus lábios começaram a mover-se ao ritmo de algumas palavras que bem poderiam ser uma reza, mas que eram apenas a expressão de sílabas dispersas atravessando seus pensamentos.

O padre, acompanhado por um bando de beatas cobertas pelo mais rigoroso luto, entrou com passo de pressa pela aleia que corta a praça em diagonal, na direção do sobrado, onde já se podiam ver uma multidão em frente à escadaria, e um movimento desusado dentro da casa, debaixo de toda aquela iluminação.

Pouco tempo depois da passagem do padre, mesmo de longe, do interior da praça, em sua parte mais próxima da igreja, ouviu-se o clamor de muitas vozes em coro, no sublime propósito de abrir caminho até os céus.

Uma das gêmeas da cozinha chegou de sua casa correndo e respirando muito ar, aquele ar arroxeado que desce das nuvens. Foi entrando sem cumprimentar ninguém, um pouco enciumada com aquela apropriação do espaço alheio que sempre acontece em face de alguma desgraça. Subiu as escadas com dois pulos e abriu caminho sem pedir licença. Onde está a Sophia?, ela perguntou à primeira pessoa conhecida que encontrou. Leôncio ergueu as sobrancelhas e olhou para os lados tentando entender a pergunta. A Sophia. Desde sua chegada não vira Sophia nenhuma.

Com o movimento desusado e o choro intensificado pelas muitas vozes, a menina acordou e começou chorando por não ter visto sua mãe. Cansou de chorar sem que alguém lhe desse a menor atenção. Assustada procurou um canto escondido atrás do piano e de lá, com os olhos muito abertos, assistiu à entrada e à saída de muitas pessoas com suas vozes tristes, e seus cumprimentos de cabeça baixa. De vez em quando tinha a impressão de ver a mãe pelas costas, mas o lado da frente acabava decepcionando-a.

Enquanto procurava sua mãe no meio de tanta perna e tanta cabeça, sentiu-se içada pelas axilas, sendo reposta em ambiente visível. Era a Nilza, ou a Nilce, nunca sabia qual delas, que a tomava nos braços. Recebeu com agrado o beijo no rosto.

Capítulo 5

Ligo o motor, engato a primeira, mas não tiro o pé da embreagem. Estou um pouco nervosa, isso sim, e meu pai, que não desgruda os olhos de mim, já deve ter percebido. Não sei se devo pensar que é um reinício, mas minha sensação é a de que estamos iniciando, uma vez que tudo, a partir de agora, terá rumos que desconheço. Estou à espera, sem saber o que fazer. Não tive tempo, nestas últimas semanas, de conversar com ele. Recebi do advogado a notícia de que meu pai sairia hoje de manhã e, logo que cheguei, fui confirmar na portaria. Que alguém à sua espera na frente da porta, a informação que deve ter corrido e atravessado todas aquelas grades. Ele me adivinhou aqui, minha certeza estampada em seu rosto sorridente, pois seu arrimo sou eu, sua família, como várias vezes me afirmou.

Com o calor da indecisão e perto do sufocamento, aciono os botões e abro os vidros. Apesar do cheiro de podre que invade o carro. O fedor de materiais em putrefação não é tão mortal quanto o calor dentro do carro este tempo todo exposto ao sol. Então, vamos?, é o convite de sua sobrancelha erguida. Algum destino em mente?, pergunto, mas ele não está mais habituado a escolhas.

— Meu arrimo agora é você.

Encaro meu pai antes de decidir o rumo a escolher e percebo que sua barba já tem alguns fios brancos. Conheço a história, sei todos os detalhes, que minha mãe me sonegou a vida inteira, e que me foram aos poucos sendo fornecidos por amigos e parentes. Era um jovem quase imberbe quando entrou para essa casa de correção. Procuro ver em seus olhos os sinais de que foi corrigido e não sei se choro ou rio, tão absurdos são meus pensamentos. Ele vira a cabeça para a direita e olha demoradamente para a fachada desse imenso prédio que tinha visto uma vez só e muito mal: na hora da entrada, há vinte anos. Não se lembrava mais, suponho.

A construção do presídio, seu aspecto, infunde terror. As janelas estreitas, todas gradeadas, as portas de aço, o rumor de vozes de todos os mortos ali enterrados. Não sei se o terror vem do aspecto visível ou do que se imagina acontecer lá dentro. Acho que são as duas coisas. O fato é que não gosto daqui e quero ir logo embora, antes que me acostume com este cheiro repugnante, que me dá ânsia de vômito.

Os avós vêm caminhando de volta, com suas pernas de andar vagarosamente. O neto corre à frente, às vezes, então ergue a perna esquerda e usa apenas a direita em seus pulos. Depois inverte. E ri, porque isso é uma vitória, e chama os avós, que não sabem mais o que é pressa. Eles já estão perto, numa distância que me aflige, pois me enxergam parada por trás do para-brisa com cara de tonta por não saber para onde devo carregar a liberdade de meu pai.

Com extrema lentidão ergo o pé esquerdo e lentamente o carro avança alguns centímetros. É um esforço para quebrar a imobilidade. Meu pai, de repente, se ilumina com um ar feliz.

— Pouso do Sossego? — pergunto.

Ele responde que não, nada mais o prende àquela terra. Seu olhar por alguns segundos fica opaco, mas é por pouco tempo.

Agora o mundo é pequeno pra mim, ele acrescenta, e tenta abrir os braços para abraçá-lo, o mundo, mas a exiguidade interior do carro torna seu gesto apenas uma ameaça: os limites.

— Pra onde você quiser, minha filha.

Engato uma segunda e nos afastamos deste lugar nefasto. Já sei o que fazer com este homem para quem a única paisagem sou eu. Ele sorri e seu lábio inferior sofre ligeiro espasmo que meu pai desfaz com uma das mãos. Enxuga uma lágrima com a mesma mão e pigarreia. Foi muito tempo, ele geme. Muito tempo. Sinto que minha garganta se fecha numa espécie de cãibra dolorosa, espero que passe, engulo um pouco de saliva antes de repetir: muito tempo.

Estamos longe do rio, na avenida principal, que termina perto da estrada. Me responde que não, a primeira coisa é sentir-se bem longe desta cidade. Na estrada a gente para em algum posto e faz um lanche.

Ouvimos apenas o ronco do motor. Nós dois guardamos um silêncio que é uma espécie de descanso: não temos a obrigação de dizer coisas. E o silêncio me faz bem, pois não tenho de escolher palavras para ser agradável, nada pergunto nem tenho de responder. Estamos com nossos corpos bem próximos, e isso basta. Uma vez ou outra nos conferimos, desconfiados de que vivemos uma alucinação, e quando nossos olhares se encontram, os lábios se rasgam em sorriso. Sim, é tudo real. Somos seres vivendo uma experiência de muito valor: o início de um caminho aberto por nós e que não sabemos para onde vai. Somos donos dele, por isso teremos de inventar o futuro.

Nossa, mas o que é aquilo? Um cortejo vindo ao nosso encontro. Fúnebre. Uns vinte automóveis atrás do carro funerário com o esquife de um adulto. Nunca tinha visto isso numa estrada. Meu pai diz que também nunca viu. Passamos em marcha um pouco reduzida por respeito. Olho pelo retrovisor com vontade de ficar triste e meu pai me belisca a bochecha: velho costume.

Só via por entre as pernas do piano, pernas de homens e de mulheres, algumas plantadas no piso, outras em movimento frenético, e havia gente que chorava e gente que falava coisas que eu não compreendia, e a primeira impressão foi de que se tratava de uma festa, surpresa, pois ninguém tinha falado nisso, muito menos preparado. Minha avó. Eu não conseguia descobrir minha avó. Em seguida me assustou a ideia de que eu estava à margem de uma tragédia, por causa dos passos pesados e por causa das vozes lastimosas, o choro e alguns gritos e muitos gemidos. Não tinha mais esperança em meu coração murcho, mas o susto era tão grande que não consegui mais chorar, e o mundo rodando, a sala rodando, as pessoas falando e caminhando, e meu equilíbrio fazendo peso no meu estômago.

Sem que esperasse, me senti içada por cima do piano por duas mãos fortes. A Nilce quase me afogou de beijos. Ou a Nilza. Me apertou contra seu peito e fugiu da sala para um dos quartos do sobrado, fechando a porta ao entrarmos. Não ouvi mais nada, como se tivesse sido levada para outro mundo. Ela não parava de me falar, que a mamãe logo, logo, que a vovó com dor de cabeça, e me convidou para brincar.

Só mais tarde fiquei sabendo o que tinha acontecido. Bem mais tarde. O corpo foi velado no interior da igreja. E eu gostei de brincar com a Nilza. Ou Nilce. Eu não fazia diferença entre as duas.

Capítulo 6

De carro, só quem veio de outros lugares, sitiantes e fazendeiros, e algumas pessoas graduadas por dinheiro e posição social, que chegaram de cidades vizinhas. Não muitos carros. A cidade de Pouso do Sossego formou cortejo sem fim, cortejo pedestre e lento, atrás do carro fúnebre. Algumas pessoas cantavam no ritmo de seus passos, cantos vindos lá da frente, puxados por alguém que não se podia ver. Mas cânticos vindos de um passado sem cor, tentando resistir principalmente entre os habitantes mais velhos do lugar, já sem força, contudo, para continuar seu domínio sobre a cidade.

  Matilde, subindo a ladeira, na volta, comentou que o enterro tivera muita pompa. Muito bonito. A seu lado, passo hesitante, Osório não dizia nada. Fungava com frequência, enxugava os olhos e encarava o chão como o abismo por onde despencava. Então a esposa não entendia o que estava acontecendo? Sua esposa!

Ele não podia fazer isso, balbuciou, não podia. Matilde ergueu as sobrancelhas e, assim, esperou que o marido desenvolvesse o assunto. Era a primeira vez, em todos aqueles anos de casados, que via o marido mover os lábios com palavras que só ele mesmo conseguia ouvir, porque eram questões a remexer no interior de sua cabeça, prisioneiras e antigas.

Palavras disparadas a esmo, um latido atrás do muro, uma buzina, o fragor das rodas de uma carroça carregada de crianças. Osório mantinha os sentidos fechados para a cidade que teimava em sua propensão para a vida. Seus pés autômatos moviam-se na calçada por sua própria memória de pés nascidos e criados em Pouso do Sossego.

Nada havia na calçada em que se pudesse tropeçar, mesmo assim o comerciante tropeçou e precisou de um movimento brusco das pernas para não perder o equilíbrio. Foi justamente nesse momento que notou a expressão do rosto de Matilde com as sobrancelhas erguidas e isso lhe pareceu, de início, um sinal de crueldade: o modo de olhar com sarcasmo. Osório odiou a esposa durante os passos seguintes, chegando mesmo a pensar em livrar-se de seu braço e voltar sozinho para casa. Alguns segredos, quando comuns, eram suas ligações; outros, porém, cada qual com os seus, marcavam suas individualidades, matéria bruta a impedir a fusão do casal num único ser. Naquela manhã de domingo, teria ela acreditado nas histórias sobre a roupa coberta de barro? Nunca perguntou nada, jamais comentou o assunto, como se a noite não tivesse existido.

Dez passos à frente, Osório sentiu-se tentado a revelar a verdade, desistiu, contudo, pensando que esta sim, esta história pareceria inverossímil. Ela riria com os lábios rasgados, dizendo não seja mentiroso. Talvez nem lembrasse mais o fato ocorrido com um artista de circo. Quase oito anos de silêncio acerca do assunto.

Reparou melhor, num intervalo entre dois passos quase ensaiados, e percebeu que não, que as sobrancelhas erguidas não davam ao rosto da mulher aspecto algum de crueldade. Ela parecia apenas curiosa. Satisfeita com a pompa do enterro. Se nem a própria esposa entendia? Como não sentir-se inteiramente só, com suas dores e remorsos?

Aos cumprimentos dos conhecidos que os ultrapassavam com pressa de viver, o sócio do supermercado respondia com uma inclinação de cabeça: as palavras trancadas dentro da boca. Matilde ainda conseguia fazer algum comentário a propósito do enterro, conforme a pessoa, ou apenas cumprimentava com os dizeres de praxe, cortês. Não só por ser o jeito de sempre, o que dela todos esperavam, mas principalmente porque seu luto era apenas o vestido preto, as meias pretas e o véu de *voile* muito fino e preto como as luvas e tudo mais. Era um luto a ser exposto, de uma elegância acintosa, mas não ia além disso. Sua boca não estava de luto. Tampouco seus olhos. Nem seu passo, firme, cadenciado na subida da ladeira, nada que pudesse revelar que seu interior tinha qualquer aparência de dor, de sofrimento.

Como deixar de sentir um pouco de raiva de uma esposa como aquela que não comungava com seus sentimentos, ou, pelo menos, com suas preocupações? Osório moveu os lábios, mordeu os dentes e se soltou por uns instantes do braço que Matilde mantinha enfiado no seu. Queria afastar-se da mulher, de todas as pessoas: amigos, conhecidos e desconhecidos. A morte do doutor Madeira — quem poderia decifrar o significado que uma tal morte acarretava para ele, Osório, desde sempre um protegido, portanto inocente!?

Na esquina da praça, Matilde segurou o braço direito de Osório, braço caído que só aos poucos e por ato reflexo foi-se dobrando até a mão fechar-se inconsciente sobre a barriga. Caminhavam silenciosos e os ruídos da cidade foram ficando para trás, no entorno da rua principal, onde era ainda intenso o movimento.

Osório demorou algum tempo até perceber que a chave do portão estava em seu bolso. Matilde o examinava espantada: o marido transtornara-se com o enterro e demorava muito para se reassumir como indivíduo. Parecia ter perdido a vontade, e isso era preocupante. Seus olhos, fixos no redemoinho de seus pensamentos, não diziam nada, até que, em voz baixa e olhando para os lados, por fim, ele segredou sua estranheza.

— Não me conformo com a atitude dessa gente.
Dois passos adiante:
— Que gente, Osório?

— A família desse Amâncio. Não aparecer ninguém no enterro! Isso é falta de respeito, não acha?

Aos poucos Osório era arrastado para o interior de um assunto. Parou, sacudindo a cabeça. Matilde voltou um passo.

— Mas depois de tudo que aconteceu, o que é que você queria?

Uma placa de silêncio caiu novamente entre os dois.

A casa tinha sofrido algumas reformas desde a inauguração do supermercado e o desmantelamento do armazém. As antigas portas do Armazém Figueiredo transformaram-se em duas pequenas janelas com altura suficiente para evitar olhares curiosos. O casal enfiou-se pelo portão lateral até a porta da sala, por onde entraram em casa.

Sem dizer palavra, Osório sumiu pelo corredor escuro e fechou-se no quarto. Precisava descansar.

Capítulo 7

Começo a penetrar nesta zona cinzenta da consciência em que tudo é vulto e os traços todos são imprecisos. Foi uma extensa manhã de tensão e calor, por isso bocejo até o ar recusar-se a penetrar em minha boca aberta porque nos pulmões já não cabe mais nada. Meus olhos se umedecem de umas lágrimas meio rasas e sem cor, um pouco frias.

Entramos numa curva longa e em declive, uma curva que já conheço. A primeira vez que passei aqui dirigindo, entrei distraída e em velocidade imprópria. Tive dificuldade para manter o carro na pista. Não me distraio mais, ligada o tempo todo. Em compensação não entendo a pergunta que meu pai me faz. No fim da curva, ele repete a pergunta.

Não é sono, respondo, é o cansaço da viagem e a tensão desta manhã quase toda esperando dentro do carro. Ele sacode a cabeça, concordando, me sorri com todos os dentes e mexe em meus cabelos. Deve estar feliz.

Entramos numa ponte esburacada e rimos com a placa do lado direito indicando 60 km/h como a velocidade máxima. Impossível passar de 10. Durante os solavancos nos calamos outra vez. Por fim, a extensa planície coberta de pasto e alguns coqueiros. Meu pai não tira os olhos da paisagem e vira o rosto para enxugar suas lágrimas. No alto do morro ao lado direito da estrada, um trator abre sulcos na terra. Preciso trazer meu pai de volta para dentro do carro com urgência.

Então agora me conta, eu começo, agora que o senhor está do lado de fora. Como era a vida no interior daquele casarão tenebroso. Ele fica uns instantes calado, para dizer por fim que na realidade quem está dentro não pode descrever seu invólucro. Concordo com ele e acrescento que ninguém pode dizer como é o oceano se está submerso nele. Meu pai reflete alguns segundos, por fim comenta: não se pode julgar do lado de dentro.

O tempo, ele diz, e fica pensando, os olhos parados. Então recomeça. Mais do que a comida, os percevejos, muito mais do que os carcereiros, e mais ainda do que os companheiros de infortúnio é o tempo que provoca o maior sofrimento. Nos dois primeiros e nos dois últimos anos, o tempo foi um caldo grosso, parado, dentro do qual era impossível qualquer movimento consciente. Nos dois primeiros não se tem o hábito de vê-lo passar em branco, e sem o hábito não se tem a medida, portanto um minuto não tem diferença de um dia. Tudo é a mesma duração que anula a gente, minha filha. É terrível ficar pensando no passado, revendo cenas, ouvindo conversas até a cabeça arrebentar. E isso sem variação. As mesmas cenas, as mesmas conversas, antes e depois do sono. A vontade que se tem é de dormir, mas dormir pesado como se fosse um tipo de morte, para acordar só no fim da pena. Já seria uma pequena felicidade: não ser obrigado a pensar.

A partir do terceiro ano a situação muda. O passado já não importa tanto, não esmaga os pensamentos, porque o novo ambiente começa a penetrar na gente, as regras a que não se pode desobedecer, os companheiros em quem se pode confiar. Principalmente as histórias que eles contam com emoção, alguns, com muito cinismo, outros. Os casos de doenças, os mais fortes, de que a gente tem de tomar cuidado e se defender, os mais fracos, que precisam de proteção. Ah, minha filha, aquilo é a reprodução de como a vida se organiza cá fora, só que a violência fica latejando em cada tijolo daquelas paredes.

Foi ali pelo terceiro ano que me aparece um tipo muito esquisito, que veio se chegando, cada vez mais perto, no pátio, no refeitório, ele nunca saía de perto de mim. Um dia me perguntou se era verdade que eu tinha cometido crime de morte. O fulano, desde o primeiro dia me tratava pelo nome, o que achei muito estranho. Eu tinha recusado o divórcio amigável, não fazia muito tempo, e comecei a desconfiar de alguma conexão. Não imagina o medo que eu sentia. Segurança nenhuma. Não existe. O sujeito era franzino, de pernas e braços finos, mas tinha um andar gingado e muita destreza. Só o olhar trevoso dele já me tirava o conforto. Frente a frente não, eu esmagava o cara como quem esmaga uma barata. Mas tinha as noites, e algumas celas ficavam abertas. A nossa, não, mas se aquilo era armação, como eu desconfiava, alguém poderia emprestar a chave. Quando já estava a ponto de desmaiar de sono, conversei com meus quatro companheiros, gente minha, que concordaram em se revezar em turnos de vigilância à noite. Por fim o fulano desapareceu, dizem que foi transferido. Que mexia com droga, qualquer coisa assim, e foi parar num presídio de segurança máxima.

Pode ter sido tudo uma desconfiança besta, mesmo assim o medo é muito grande. Na prisão, a gente fica muito vulnerável: não se tem pra onde fugir e pouco espaço para alguma reação de defesa. O preso fica à mercê não sei de quem, de outros presos, dos próprios carcereiros, a gente nunca sabe de onde pode vir o estilete. Aos poucos fui entendendo o funcionamento daquilo lá por dentro, e tratei de me enturmar com alguns camaradas em quem eu podia confiar. Eles pensavam assim como eu.

Teve um magrelo com cara de tuberculoso de tão pálido, que não conversava com ninguém. Um dia, tomando sol no pátio, ele sentou perto de mim e disse de improviso, sem preparação, eu também matei, mas foi minha noiva. Faltava uma semana pro casamento e encontrei ela na cama com um amigo meu. Na nossa cama, que nem tinha sido inaugurada. Precisei trocar uma torneira na cozinha e vim parar aqui. Eu via pela cara dele que aquilo era uma explosão. Vivia com seus pensamentos trancados na cabeça e eles ferveram, então me escolheu para ouvir sua história. Nunca mais me largou. Parecia que estava pra morrer, magro e pálido, mas se sentia meu protetor. Até o semblante dele melhorou depois da confidência. Às vezes sorria. Vai curtir mais cinco anos naquele inferno.

Pergunto pelos dois últimos anos e meu pai responde que são os anos da ansiedade. O único pensamento possível é formado só de imaginação. A gente não consegue pensar direito, minha filha, porque é só imaginação. Não se sabe como vai ser o futuro, e o futuro parece que nunca chega. O tempo de dois anos tem um peso maior do que os dezoito que já tinham passado.

Vemos uma placa anunciando um posto de combustível e um restaurante. Pergunto a meu pai se está com fome e ele sorri uma resposta afirmativa.

Capítulo 8

Osório terminou de almoçar calado como tinha começado. Seus olhos um pouco foscos, vidro sujo, evitavam o rosto de Matilde. Era como se um medo os arrastasse para baixo, ou para o nada, pois nem a toalha xadrez, azul e branca, tampouco louças e talheres penetravam em sua visão. Tomou o cafezinho que a empregada lhe pôs na frente, limpou os lábios com um guardanapo e ergueu a cabeça procurando o céu. As rugas na testa e o til das sobrancelhas erguidas, que viu de relance, denunciavam a estranheza da esposa, tanto silêncio, porque ela não alcançava o verdadeiro sentido da angústia que nos últimos dois dias vinha dissolvendo gradualmente seu gosto pela vida.

Ao levantar-se, viu-se forçado a encarar a esposa pela primeira vez desde o início do almoço. Precisava voltar ao supermercado: receber a carga de um caminhão. Seus olhos não estavam úmidos, como lhe pareceu, mas ardiam como se tivesse acabado de chorar. Ainda sentada, Matilde perguntou se o carro não poderia ficar com ela. O seu estava na revisão. O marido respondeu que precisava mesmo de um pouco de exercício. Roçou-lhe os lábios na testa à guisa de um beijo e saiu.

Tinha chovido um pouco de manhã bem cedo, e Osório achou que a claridade do céu lavado, por cima de tudo, e aquele sol parado no alto das copas das árvores é que lhe exigiam as pálpebras apertadas, em proteção. E sair por baixo de tanto sol, caminhando com pernas inseguras, era o mesmo que passo a passo penetrar num caldeirão onde entregaria o corpo inútil. Passando pelo portão, poderia ter tomado o caminho mais curto, à direita, mas teria de passar pela rua do matadouro, e o cheiro de carniça, que tanto atraía o bando de corvos, causava-lhe ânsia de vômito. Depois do almoço, então, era uma rua inviável. Por isso seguiu na direção da praça, caminho mais longo e menos desagradável.

Rostos, algumas fisionomias com susto, mas conhecidas. Osório os cumprimentava maquinalmente, pois se alternavam agitados para anunciar que ela está morrendo. Atravessou a rua e entrou na praça pela esquina mais próxima. Muitos rostos. Morrendo.

Deitada num canteiro de crisântemos, à sombra de um fícus de copa larga e folhas brilhantes, a velha tinha o rosto já imóvel, a boca aberta virada para o céu. Os dentes, Osório pensou, suas faltas, e a espuma nos cantos da boca, o último sinal de vida.

Antes do doutor Murilo quem chegou com a ciência e os óculos foi Laerte porque a farmácia ficava ali, só atravessando a rua. Ele se agachou, encostou o ouvido no peito, aproximou seu espelhinho da boca e das narinas da velha. Tudo isso ele fazia com gestos cheios de competência, reforçando para o povo que assistia à cena seu prestígio de grande conhecedor das coisas da vida e da morte.

— Morta — sentenciou depois de algum tempo, encarando o público.

Mas tiveram de esperar que o doutor Murilo chegasse, pois conhecimento o farmacêutico tinha, mas não tinha o diploma. Era esse o comentário geral, a conversalhada que se aglomerava esmagando os crisântemos, aquela roda. Ninguém poderia remover o corpo sem que o médico e a polícia chegassem. Todo o ritual, com fotos e a inquirição de testemunhas. Nome e endereço, por favor. Os depoimentos em momento oportuno.

O repórter da Gazeta chegou um pouco atrasado porque a portaria da prefeitura não podia ficar abandonada. Teve de esperar uma substituta, que acabava de passar um pano molhado no corredor.

Osório ficou algum tempo enfiado no círculo de curiosos, mas a boca, com falta de dentes, e os olhos vidrados, os trapos fedendo, as canelas sujas de barro, tudo isso era uma paisagem muito forte para seu estômago e teve de se afastar para devolver o almoço, que tinha empurrado para seu interior sem muito entusiasmo.

Percebeu que o mundo começava a girar lenta e firmemente, então escolheu o banco mais próximo e jogou sobre ele todo seu peso, como se estivesse caindo, e acreditando que estava caindo. Sentado apenas por sorte. As pessoas continuavam passando, mas ninguém se ocupava de um homem sentado num banco de praça, mesmo que fosse o Osório do supermercado, pálido, meio desmoronado, contudo sentado, sem necessidade aparente de socorro. A morte, logo ali, a morte confirmada por Laerte com espelhinho perto das narinas e com foco de luz na janela aberta por dois dedos: o olho vidrado.

Ninguém poderia ajudá-lo. Ninguém mesmo. Debaixo de seus pés o mundo tinha sido apagado e, em sua volta, nada havia em que se firmar. Fora lançado contra o espelho da vida, o que só agora percebia. Aquela vertigem vinha de encontrar-se completamente nu, desprotegido, no dever de assumir todas as suas culpas.

A caminhonete do Azeredo encostou, e o corpo foi jogado em sua carroceria. Osório sentiu o baque da queda como se estivessem jogando seu próprio corpo: uns repuxões nos músculos.

Com o fim da atração, os curiosos foram se dispersando. Ao se ver sozinho debaixo de todo aquele sol, Osório se lembrou do supermercado e das obrigações que o aguardavam. Levantou-se ainda meio tonto e começou a descer a rua. Passou pela frente da delegacia e sentiu novamente ânsias de vômito, mas resistiu caminhando: seus passos trôpegos. Era preciso lavar a boca, ver-se livre daquele gosto amargo. Foi isso que Osório pensou ao entrar no bar e pedir um cálice de cachaça.

A notícia da morte daquela velha vestida de trapos, desdentada, que todos conheciam, mas de cuja origem ninguém nem desconfiava, já cobrira a cidade. O dono do bar, preso por ofício atrás de um balcão, pediu mais detalhes, e Osório pediu mais um cálice.

Às quatro horas da tarde, cambaleando, Osório chegou ao supermercado para assumir seu posto. As providências pelas quais se julgava responsável já estavam todas encaminhadas sob o comando de Juarez, um funcionário da confiança de Lúcia.

Coisa terrível, Osório repetia para Juarez, os olhos descaídos, a testa suada e o equilíbrio inseguro. Coisa terrível. E Juarez, que estivera ouvindo o relato sumariado de outro empregado a respeito da velha morta na praça, quis saber de Osório o que ele considerava uma coisa terrível. Primeiro o doutor Madeira, ele respondeu com a língua quase imóvel de tão grossa, depois essa velha.

Impossível estabelecer qualquer relação entre os dois fatos, a não ser que se tratava de duas mortes. Juarez ainda insistiu querendo saber qual a ligação entre a morte recente do doutor, num acidente, e o fim quase natural daquela velha. Osório não conseguia encarar o funcionário e, com os olhos se arrastando na cerâmica do piso, só repetia, Coisa terrível.

O motorista se prontificou, a rua dele fica no meu itinerário, e, no caminhão de entregas, devolveu Osório para sua casa.

Capítulo 9

Sentado na minha frente, meu pai dá uma volta completa no ambiente com olhos gulosos, desvendando um mundo já esquecido. Por fim, se fixa em algum ponto ao lado e descubro uma janela aberta que o atrai. Temos de fazer nossos pratos, eu lhe digo, mas ele parece não ter entendido. Levanta-se e se encaminha para ver de perto aquela janela. Suponho que a inexistência de grades protegendo o vão seja a causa de seu encantamento. Apoia-se com as duas mãos no peitoril, metade do busto para fora: o espaço. E respira com ruído que de longe se pode ouvir. Respira o ar vindo de longe, de campinas e morros cobertos de vegetação. Sem nenhuma saudade daquele ar mefítico com o qual já estava acostumado.

Ainda um belo homem, o Amâncio. Os anos de reclusão não fizeram grandes estragos em sua carcaça. O Amâncio. Quando criança era muito vaga minha ideia de um pai. Não se falava dele em casa. Um nome interdito no sobrado, uma chaga que não se expõe por ser a pista de uma história escabrosa. Ele, o culpado por desgraças. Nas poucas visitas que fazia a meus avós da fazenda, ouvia referências vagas a um homem que chamavam de Amâncio. Foi assim que aprendi a tratá-lo. O Amâncio. Ele me acena, convidando-me para a janela. Debruçados no peitoril, contemplamos juntos a paisagem. Um campo com tufos de arbustos, manchas de escuras árvores, algumas vacas pastando, dois cavalos coçando com os dentes seus mútuos pescoços, e lá, na distância, a encosta de um morro coberta de uma plantação que não identifico. Ele quer que meus olhos compartilhem a paisagem que se abre com amplidão. Então, depois de um bom tempo registrando campo e morro, aquele sossego debaixo do sol, o Amâncio suspira, e sinto que está emocionado. Era seu mundo antes de ser envolvido pelo doutor Madeira.

Ao apertar sua mão, pergunto, Arrependido? E nem sei a que arrependimento posso estar me referindo. Ele me olha com algum espanto, como a dizer que é uma pergunta fora de lugar. Reflete um pouco, as sobrancelhas erguidas, segura minha mão como se não quisesse permitir minha fuga. Olha, ele começa com voz excessivamente calma. Essa foi a pergunta a que nestes últimos vinte anos mais tentei responder. Sua voz agora envereda para um tom magoado, e me arrependo da pergunta que fiz. Faz parte do meu descontrole. Minha boca é mais ágil do que meu pensamento.

Mas vamos ao almoço?, ele propõe. À mesa a gente continua conversando. Sorrio para ele e respondo que realmente temos muito o que conversar.

Abordamos a pista, meu pai nos meus calcanhares, servindo-se apenas do que me sirvo. Há muita coisa que ele desconhece inteiramente e me confessa isso envergonhado. Embora sem um convívio mais longo, temos uma coreografia perfeita. Com pequeno intervalo de tempo, seus gestos repetem os meus. Completo meu prato e fico parada esperando por ele, que, de repente, sente-se observado e procura esconder, por trás de um sorriso tímido, quase um pedido de desculpas. É triste o sorriso do meu pai. Por maior que seja a alegria de me ter a seu lado, de ter o mundo todo como espaço virtual, por maior que seja a felicidade de voltar a ter escolhas, o tanto de vida desperdiçada, torneira esquecida aberta e em completo desuso, deve ter um peso enorme em seu humor. Desvio os olhos e engulo o nó que aperta minha garganta. Suas faces escondidas pela barba, a testa pálida, os gestos ainda hesitantes, o tropeço em pequenos obstáculos, isso tudo me faz sentir quase sua mãe, pelo menos a única de que ele dispõe. Volto a encará-lo e arremesso em sua direção um beijo estralado. Ele responde, atrapalhado, também beijando o ar, e rimos sonoridades porque estamos felizes. O sol penetra pelas janelas de onde se avista o campo e o morro, e o restaurante aproveita a brisa que entra com o sol para se espanejar.

As costas do Amâncio. Ele segue à minha frente depois de eu lhe ter indicado a balança. Por várias vezes, desde que nos encontramos hoje, senti o impulso de colocar este Amâncio no colo para poder niná-lo. Agora, vendo-o pelas costas, pelo contrário, sinto vontade de receber seu colo para adormecer. E também descubro de onde me vem esta estatura. Me intrigava, na adolescência, ter ultrapassado minha mãe, que, mesmo não sendo do tipo *mignon*, olhava para cima para me encarar. Depois fui esquecendo essa diferença porque muitas outras foram surgindo.

Mandamos anotar tudo em uma só comanda, que guardei na minha bandeja. O Amâncio, com seus valores antigos, quase queimou a papeleta com os olhos, mas nada pôde fazer: ele sabe que está à minha mercê. Sou sua tutora.

Capítulo 10

Primeiro moveu os dedos como se fossem pernas peludas de uma aranha. Um cenário sem cor, apenas sombras semoventes, e um rosto nascendo do barro, crescendo em sua direção na altura. Era preciso gritar para dissolver a cena, mas tinha os lábios colados um no outro e por isso não se abriam. Então o braço teve um movimento espasmódico e o cotovelo fincou-se na ilharga da esposa, que apenas se virou, sem resmungar. Os pés de Osório se mexeram, mas a fuga era impossível. Não havia para onde fugir. E o ar, o pouco ar, um ar manchado de cinza, espesso.

    O rosto afastou-se, fragmentando-se em asas de morcego, muitos morcegos orelhudos com olhinhos redondos, de um verniz preto e cintilante. As asas adejavam irregularidades muito próximas de Osório, que tentou desmaiar, com muito esforço tentou desmaiar, até o cheiro, muito perto, mas não conseguia, não conseguia fechar os olhos, esconder-se por trás das sobrancelhas.

Súbito o milagre: o doutor Madeira, sentado em sua cadeira predileta, apareceu a seu lado, e os morcegos uniram-se novamente no rosto que agora apenas pulsava como um coração preto e inteiramente vazio. As veias enredavam-se arrastando o que estivesse por perto. As pernas de Osório já sentiam o frio viscoso da infinidade de tentáculos que se enroscavam nelas sem que pudessem evitá-los. O doutor Madeira dedicava-se a rir, aquele seu riso predileto: à medida que crescia tornava-se mais e mais agudo. Ele ria com intenção de escárnio — sentado em seu trono e com dentes vermelhos escancarados.

O rosto voltou a nascer do barro, crescendo na direção de Osório. Ele protegeu-se com as mãos espalmadas, grunhiu e acordou tossindo. Estava suado, os músculos doloridos. A seu lado, Matilde ressonava com algum ruído, mas em completa inocência com respeito aos transtornos do sono de Osório. Tateante, a mão direita procurou o rosto da mulher, que encontrou seco e morno, flácido como quem nunca cometeu um único pecado no mundo. Que merda, isso, um susto. Sua garganta pedia água então Osório levantou-se. E agora os chinelos. Tudo escuro ao lado da cama: o mundo das sombras. Seus pés arrastaram-se pelo piso frio até se machucarem seus artelhos de encontro aos chinelos.

A luz da cozinha fez nascer um mundo inesperado, e Osório, a garganta seca, suspirou, foi um sonho. Mas ele, Osório, que jamais lembrava retalho de sonho que fosse, não conseguia se desfazer do rosto da velha, a boca de poucos dentes aberta, amontoada num canteiro da praça. A mesma fisionomia.

A geladeira, iluminada como uma festa, era o que havia de bonito na cozinha. Depois o fogão, cheio de bocas, e por fim a mesa de seis cadeiras. Osório não estava com humor para esse tipo de apreciação, mas não evitou um olhar em volta. Além disso, em princípio, estava com pressa, razão por que se serviu de um copo de água gelada, que lavou-lhe a garganta e os pensamentos mais tenebrosos. Hesitante, sentou-se à mesa, o rosto pasmo e o medo de voltar para o quarto percorrendo o sangue de suas veias. Para ficar mais tempo na cozinha, acordado, encheu mais um copo com água gelada e foi tomando aos golinhos pequenos, como à tarde tomara cachaça. Lembrou-se, então, com bastante desconforto, da cena a que assistira na praça: as pessoas chegando com seus comentários em alto volume, uma roda em volta de um canteiro e, por cima dos ombros movediços, o corpo da velha desmoronado sobre um canteiro, com a boca desdentada aberta. O Laerte, com o espelhinho nas narinas atestou o que toda gente já sabia: estava morta. Um líquido ainda descia pelo queixo para o pescoço imundo, por isso fora impossível evitar o vômito, o almoço recente.

Osório suspirou duas vezes com pulmão profundo, quase feliz por estar na cozinha, onde o ar tinha a cor da luz de mercúrio, azulada de tão branca. Um ar fino e limpo, muito respirável.

Por fim largou o peso de seu corpo sobre a cadeira e descansou os braços na tampa da mesa, assim, descansado, e permitiu que seu cérebro se esvaziasse de pensamentos. Osório era apenas um corpo vestido de cueca, apenas um corpo, com músculos, ossos e vísceras sem nenhum compromisso com as funções mais simples como respirar, engolir a saliva abundante na boca e piscar. Era quase um sono profundo, estar ali sentado, sentindo o sangue em sua viagem aos solavancos e sem fim.

Para melhorar sua existência meramente, um corpo, Osório fechou os olhos e perdeu um pouco do equilíbrio, mas não concluiu nada, pois queria esvaziar-se nem que para tanto tivesse de flutuar no espaço azulado de tão branco da cozinha. Só não caiu da cadeira porque não quis: a cabeça puxando o resto do corpo em busca de uma posição mais ou menos perpendicular.

Súbito a testa tendeu para a frente, pesada, e Osório abriu os olhos convencido de que estivera dormindo. Uma leve tontura fazia as paredes da cozinha, os armários, a geladeira e o fogão oscilarem reluzentes. E ele soube imediatamente que estava com sono.

Era preciso voltar para a cama. Com urgência.

Apagou a luz da cozinha, que desapareceu, e com passos um pouco indecisos percorreu o corredor, velho conhecido. Apenas ao passar pela sala, ele sabia, era preciso fazer um pequeno desvio para não tropeçar no pé da sua poltrona, manobra que Osório realizou com extrema facilidade.

O quarto continuava um recinto de ar tépido, um pouco denso por causa das sombras, que impediam uma visão mais clara dos móveis. Tateando a parede com a mão direita e o tapete com os pés, encontrou o caminho certo e deitou-se, puxando a colcha até cobrir-lhe o peito. Então virou-se sobre o ombro esquerdo, como preferia, porque era sua posição de dormir.

Primeiro um longo bocejo, quase em paz, com a claridade da cozinha na lembrança. Uma lembrança limpa, muito boa. Então bocejou novamente de olhos fechados, ensaiando o sono, que voltava depois daquela longa caminhada pelo corredor. O ressonar da Matilde ajudava-o a descer para as regiões do sonho.

Em pouco tempo, Osório estava novamente entregue ao sono. E não demorou muito para que um rosto, nascendo do barro, crescesse em sua direção na altura. Era uma cara desdentada que tossia dezenas de morcegos adejando ao seu redor. Ao lado, em sua cadeira predileta, o doutor Madeira dava risadas claras como relâmpagos. Os morcegos, assustados, se juntaram formando o rosto com que o malabarista cumpria sua agonia.

O corpo todo de Osório sofreu um estremeção e ele pulou da cama, arrastando consigo a colcha. Matilde acendeu a luz assustada e olhou o despertador sobre o criado-mudo.

— Que foi isso, Osório?
— Acho que eu não quero mais dormir.

Capítulo 11

Com a prisão de Amâncio, beirando ainda aquele medo desconhecido, como um susto de repente, Lúcia mudou-se com tudo que era seu para o sobrado da praça. O pai fez-lhe a oferta protetora, que ela aceitou feliz e sem discutir. Foi no sobrado, pois, que Sophia se criou, movendo-se entre as muitas pernas do batalhão feminino e cavalgando a perna do avô. Nada lhe faltava porque o nome de Amâncio tinha sido apagado da memória familiar. E homens não lhe faziam falta no sobrado, porque, além do doutor Madeira, havia Francisco, o jardineiro, e Maurício, quase sempre de guarda no portão, mas que também se envolvia com sua inteligência na manutenção geral do sobrado. Foi com eles que Sophia aprendeu as primeiras noções de equitação. Trotavam pelo quintal, sob as árvores do jardim, e com o saibro debaixo dos pés, contentes de ver a neta do patrão finando-se de gargalhadas: seus gorjeios. Para a menina, a família, assim como existia, estava perfeitamente simétrica:

homens e mulheres. Só muito mais tarde ouviria pela primeira vez a palavra "pai", perturbando a doçura doméstica com suas perguntas.

Um dia apareceu um casal estranho sentado bem teso no fofo sofá da sala. A mãe estava no supermercado, seu reino, e Clara foi quem, comovida, encaminhou Sophia para que descobrisse finalmente o outro lado da família. Um encontro muito constrangido, lento no início, enigmático para Sophia: de repente um avô e uma avó. Achou-os feios, mas sem muita consciência do que neles desagradava, e sentiu alguma repulsa pelos abraços rijos com que perdia o fôlego e pelos beijos barulhentos daquela avó. Assim que se livrou das mãos pesadas, pôs-se a distância, sentada numa poltrona, e percebeu assustada que a velha que tanto a beijara estava lambuzada de tanta lágrima. Reparou que os cabelos brancos daquela mulher grudavam-se no rosto molhado e começou a sentir pena.

Para o desassossego de Lúcia, que agora não podia largar o supermercado sem sua direção, as visitas dos avós paternos tornavam-se cada vez mais frequentes. Advertida bem perto dos gritos, chorando, Clara ameaçou, depois de quase trinta anos, procurar outro emprego. Não achava justo que se mantivesse a menina na ignorância da família de seu pai.

Esforço inútil a tentativa de explicar as afeições, esse magnetismo que liga pessoas. Ele tanto pode acontecer no primeiro relance, relâmpago, como pode ser construído com morosidade, sem pressa, como fruta que amadurece. Mas ninguém pode explicar a química que o torna possível. A afeição de Sophia pelos novos avós foi crescendo lentamente, e, sem que ninguém percebesse, ela foi incluindo em seu mundo essa família que por tanto tempo fora alijada de sua vida por um silêncio que, embora cheio de pigarros, parecia completamente intransponível.

Era com ciúme rancoroso que Lúcia consentia nos domingos de Sophia, o dia todo, em companhia dos avós na fazenda. No sábado sua ex-sogra telefonava para o supermercado perguntando se podia, aquela voz de pedir, sua melodia. E no domingo, mesmo antes da missa, lá estavam eles em frente ao portão, com a caminhonete, o motor desligado, esperando que a neta, sua filha, saísse correndo sem olhar para trás. Um desgosto.

Na volta, depois de beijar os avós, ela descia ainda correndo da caminhonete e entrava em casa com a cor do sol nas bochechas e o verde dos campos nos olhos cintilantes. Ela crescia, cada vez que passava um dia fora do sobrado. Então puxava a mão da mãe para a sala, seu lugar predileto para contar como tinha passado o dia, suas aventuras, com os porcos no chiqueiro, a bosta de vaca em que tinha pisado na mangueira, o pônei meio dorminhoco e surdo que tinha cavalgado. As histórias não tinham muita variação, e Lúcia, por fim, já não queria mais ouvir. Pelo menos até Sophia dizer que tinha visto uma fotografia de Amâncio. E agora já sabia muitas coisas a respeito da família que sua mãe tentava esconder, como a viagem de seu pai, que tão cedo não estaria de volta.

Foi logo depois de contratar o engenheiro-agrônomo, com quem percorria as fazendas nas horas de folga, que a mãe começou seus ataques ao ex-marido: bandidão. E não perdia oportunidade para atacar. Muitas vezes, de volta da escola, Sophia era convidada a visitar o supermercado para sentir o cheiro de toda aquela confusão de mercadorias. Mas esse era apenas um pretexto de Lúcia. Na verdade, a mãe, sem muito rodeio, entrava de maneira bruta na história do "seu pai", que a menina chamava de Amâncio. Falava muito mal do ex-marido, expondo metodicamente todos os defeitos de que se lembrava, além de alguns inventados. E isso, de que adiantava? A admiração de Sophia pelo pai aumentava a cada palavra má da mãe. As duas, à medida que o tempo passava, começavam a cultivar um rancor escondido, guardado para mais tarde.

Capítulo 12

Minhas noções de gênero demoraram um tempo além do normal para se formar. Homem e mulher, isso era uma questão de roupa, raramente de barba ou de pintura no rosto. Mas eram noções que não me faziam falta. Até a época em que percebi nos meus colegas de escola uma organização de família diferente daquilo que eu conhecia. Eles citavam a mãe, que era mulher do pai. Minha mãe, a Lúcia, era tão certa quanto a casa, seus compartimentos, a escada e os móveis; a Clara e as outras mulheres, minha avó, todas quase sempre de vestido. E meu avô, com a cara de ferro, e os outros homens, que pouco entravam na sala, mas que andavam sempre de calça comprida. Meu mundo. O que comecei a descobrir, ou pelo menos desconfiar, é que me faltava o pai. Dos homens entre os quais vivia, nenhum aceitava ser chamado assim.

Inventei um pai, a roupa dele, mas o rosto se transformava com frequência, o que me deixava aborrecida, um sentimento de insatisfação que ainda não tinha nome. Na primeira fase da adolescência, minha mãe, quando pressionada, precisava responder a perguntas que lhe fazia, meu pai, então, mamãe, meu pai, como é que ele é?, só respondia com impropérios, todos eles terminando com a palavra "bandidão". Tão diferente dos meus avós da fazenda, que falavam de um filho muito querido. Um homem bom, o melhor do mundo, eles diziam. Eu não acreditava na minha mãe e fugia de sua companhia. Principalmente depois que o agrônomo, contratado para cuidar das fazendas (Não entendo nada disso, ela se justificava), começou a aparecer com muita frequência na sala do sobrado. Ele tentava me cativar, brincadeiras e guloseimas, mas havia nele algo que meu instinto não aceitava. Aquele sorriso puxando a boca mais para a esquerda e os olhos quase inteiramente escondidos por trás de pálpebras meio fechadas me representavam a máscara da falsidade.

Um belo homem, vou pensando enquanto carrego a bandeja atrás dele, que se encaminha para a mesa onde já estivéramos. Ele para e vira a cabeça à procura da filha, conferindo se já venho perto. Nutre ainda algum sentimento de paternal proteção? Não consigo imaginar o que significo para ele, que não me viu nascer, não testemunhou o primeiro joelho esfolado nem tomou alguma lição à noite na véspera de uma prova. Vamos ter de passar algum tempo em exercício contínuo de observação. Período em que tudo, cada detalhe, um gesto, a sobrancelha que se ergue, cada palavra, com ou sem a moldura de um sorriso, deve ser medido e pesado para que se desvendem suas significações. Preciso conhecer meu pai, suas razões, o que pensa do mundo. Mas também é necessário me dar a conhecer. Nosso amor teve até hoje como objeto pouco mais do que uma palavra, um nome quase vazio que agora podemos preencher com nossas pessoas — nosso peso e nossa vida —, estes seres que vamos construindo ao longo do caminho.

Seu prato imenso, assustador, ele o encara com alegria infantil. Me aponta as rodelas de amarelo vivo e diz que sentiu vertigem ao se deparar com elas. Mais de vinte anos, ele fala mastigando, apressado, correndo atrás do tempo que lhe roubaram. E eu fico pensando no quanto é triste a certeza de que na vida nada se recupera: tudo é uma única vez. Jamais lhe voltará a juventude.

— O pai não precisa ter pressa. Agora tem de pensar é no futuro. Temos de inventar o que faremos de nós.

Fico aflita quando lhe dirijo a palavra e não sei se o melhor tratamento é "pai" ou "Amâncio". "Pai" é uma palavra que não aprendi na hora certa e agora me soa como coisa falsa.

Minha mãe pouco saía comigo, e não sei por qual razão me levou com ela na visita que fez à casa da Yole, amiga de infância. Necessidade, talvez, de comprovar sua maternidade. Todos diziam que eu era o clone dela. E a Yole, casada com um dos filhos de Estefânio Alvarado, era obrigada a manter relações distantes com minha mãe. Ainda não me conhecia.

Era um domingo de inverno e a Yole nos serviu chocolate quente com bolo. O marido estava ausente e, à mesa, além de nós três, um menino bem menor do que eu e que mexia em tudo derrubou seu chocolate na toalha, esmigalhou sua fatia de bolo, lambuzou a cara e, por tudo, me pareceu muito antipático. As duas amigas tagarelavam e riam sem parar, falando de coisas que eu não entendia nem me interessavam, entretida que eu estava em me sentir muito confortável dentro daquelas roupas grossas, tomando chocolate quente e comendo bolo.

A Yole me encarou como num assalto. Demorei um pouco para perceber que falava comigo. Tinha acendido o lustre e eu me distraí encantada com as dezenas de pequenas lâmpadas que brilhavam por cima de nossas cabeças. Minha mãe, com alguma rispidez, me chamou a atenção. Sim, com você!

— Meu nome é Sophia.

E ela, a Yole, riu, dizendo que era mesmo um nome muito bonito.

Até hoje não consigo entender o propósito daquela Yole ao me perguntar com brutalidade como era o nome do meu pai.

Pai, pai, uma palavra estranha. Meu pai? Eu olhei para minha mãe, um pedido de socorro, pois era assunto que exorbitava de nossas relações domésticas. Pai! Não que eu não soubesse, mesmo que vagamente, da existência de Amâncio, mas a palavra "pai" me assustou, pois Amâncio era um nome quase segredo, que se usava apenas na casa de meus avós da fazenda. Pai? Minha mãe desviou o olhar, fingindo que não acompanhava o assunto. Ela me deixou sozinha com a tarefa de enfrentar sua amiga. Senti o mesmo calafrio que já conhecia daquela vez em que, sem intenção, derrubei de cima da coluna, seu pedestal, o vaso de alabastro: uma relíquia.

Já estava querendo chorar, as contrações do lábio inferior, quando minha mãe interveio:

— Mas você sabe, Sophia! Por que não responde?

Do fundo de meu olhar vencido e aguado, por fim, me veio o nome proibido:

— Amâncio — respondi, antes de abrir num choro inconsolável.

Eu me sentia uma criança enjeitada.

Capítulo 13

No início, Matilde não percebia os caminhos da degradação do marido. Os hábitos demudados, cada dia uma novidade, ela os debitava à mudança de vida: o trabalho como sócio de supermercado bem diferente dos tempos do armazém de secos e molhados. O Armazém Figueiredo. A insônia do Osório, ela descobriu que não era propriamente insônia, como ausência de sono, o sono que se busca num mar de raiva, com desespero, e que foge para além da noite e do silêncio noturno. Isso sim, uma insônia de grande qualidade. Mas não, às vezes surpreendia o marido na sala, na frente da televisão, os olhos esbugalhados; outras vezes ia encontrá-lo na cozinha, um cálice de cachaça em cima da mesa. Bem depois da meia-noite. Vem pra cama, Osório, vamos dormir.

Um dia lhe perguntou se não sentia sono, se não queria tomar algum sonífero. Sono eu sinto, respondeu-lhe o marido. Morro de sono. Mas tenho medo de dormir. O assunto, contudo, não teve progresso.

Esquisito, também, lhe pareceu o hábito de sair de casa mais tarde e voltar muito depois do que lhe era habitual. E com bafo de cachaça. Uma vez por semana, duas, três, e, por fim, todas as noites. Eram geralmente nove horas quando ele chegava, comia um pedaço de presunto abraçado a um naco de queijo, ou algo parecido, e se plantava completo na poltrona em frente à televisão. Suas palavras cada vez mais escassas.

E foi assim que a vida por uns tempos transcorreu. Transcorrente, porém, estranha. Mas a vida, em geral, é medida muito mais pelas surpresas do que pela rotina. Por isso Matilde ia relevando as surpresas ou tentando encaixá-las em uma rotina. Matilde, uma mulher de fácil adaptação.

Na terça-feira, como vinha acontecendo com muita frequência, a mulher jantou sozinha, passou pelo quarto para vestir-se com a camisola listrada e foi ver sua novela. A solidão tinha peso menor do que a companhia de Osório engrolando palavras com a língua grossa e bêbada. Aquele cheiro forte que se desprendia dos poros de seu corpo todo. Em pouco tempo ele entraria em casa, tomaria um banho rápido, cada vez mais rápido, comeria uma rodela de presunto com queijo e viria fazer-lhe companhia à frente da televisão, um lugar onde não havia necessidade de uma conversação familiar.

O capítulo da novela foi terminando, ganchos deixados nas retas e curvas da história, até terminar. Matilde não se entregou à trama de continuação certa na quarta, sem falta, assim como o Sol, que, mesmo à meia-noite, já se sabe, ou, pelo menos, se supõe: vai nascer. Ela se abraçou, carinhosa, enquanto a televisão iniciava o noticiário. Os raios luminosos assaltavam a sala com suas cores variadas, e o rosto de Matilde deixava-se colorir sem nenhuma reação. Imagens e palavras foram se sucedendo como um mosaico feito de cacos dispostos de maneira aleatória. Desde algumas semanas, a mulher iniciara o aprendizado de contentar-se com sua própria presença.

Mas chegaram as nove horas, e a partir de então tinha os ouvidos muito mais atentos à porta da frente do que ao aparelho com que supria as necessidades de som e imagem. Desenrolou os braços, não para que a largassem, mas porque já estavam cansados daquela posição. Abandonados ao lado do corpo, deixaram as mãos pingentes na beira da poltrona. O repouso.

Ainda é cedo, por isso estou muito calma. E Matilde estava calma de verdade, mas pensar nisso era indício de que andava num limiar. Então pensou com mais concentração no marido e concluiu que beber como vinha bebendo era um desarranjo. A televisão continuava jorrando para dentro da sala os principais detritos da humanidade, parece que falavam da fome em um país distante da África, impossível saber onde fica isso. Um desarranjo. E o medo de dormir, pela fisionomia, vinha a ser parente próximo das bebedeiras. Umas crianças que eram puro osso. Isso sim, a gente pode chamar de fome. Portanto, foi preciso chamar os comerciais, um jovem casal jogando tênis, com suor muito limpo e aos fundos uma bela mansão. Eles caminham um na direção do outro e aparece um empregado de calça azul-marinho, paletó de linho branco impecável e uma gravata borboleta de asas pretas. Numa bandeja, a garrafa de refrigerante. Trinta anos de convivência sem interrupção, como era que podia ainda surpreendê-la? A filha, casada, vivendo longe, com quem poderia contar que a ajudasse a entender o Osório?

Da rua chegaram nítidos uma gargalhada e um palavrão, mas eram vozes jovens, relação nenhuma de seu marido. As propagandas terminaram e o noticiário voltou com muitas informações: Matilde voltou-se para si novamente.

Madrugada alta, acordada pelos gritos do marido: Ele me aparece! É ele, eu sei. Ele me aparece!

Agarrada em seu braço, a esposa quis saber. Que não, não se lembrava de nada. Poderia ser isso tudo uma farsa, motivo qualquer que, de escabroso, o marido estivesse escondendo? Homem comum, sempre correto, porém, como supor que pudesse ter algo a esconder? É doença, foi a conclusão que tomou conta do pensamento de Matilde. Só pode ser doença.

O noticiário terminou às onze e cinco, com uma despedida sorridente e o convite para o dia seguinte. Sonolenta e vazia, Matilde deu um pulo da poltrona e despertou muito viva e preocupada. Mas então, onze da noite! Trocou de roupa, calçou um par de sapatos, vestiu um casaco por cima de tudo e saiu.

Pra que lado, meu deus!, a uma hora dessas? Teria de pedir auxílio à polícia, por isso encaminhou-se para a rua principal e, na esquina da praça, tomou a esquerda, na direção da delegacia. Ninguém nas ruas adormecidas sob umas lâmpadas amareladas no alto dos postes. Poucas nuvens, algumas estrelas.

Chegava perto da delegacia quando percebeu o bar do Adalberto sonolento, mas ainda respirando. A porta aberta deixava escapar um facho de luz que morria na calçada. Junto com a luz, chegavam vozes lá de dentro, e Matilde atravessou a rua, aproximando-se para espiar. Manter a calma. Manter a calma. O coração disparado na caixa do peito. Manter a calma. Uma longa risada veio parar na rua, cheia de pigarro e um pouco de catarro.

Um bêbado, cotovelo fincado no balcão, ocupava o Adalberto e uma garrafa de cachaça com butiá, aqueles caroços cor de laranja. O copo de cerveja, ao lado, parecia esquecido sem o branco da espuma. Atracados, os dois, em assunto pastoso, demorado. Na mesa do canto, a cabeça de Osório, imóvel, apoiada nos braços dobrados sobre a tampa sem toalha.

Da porta, Matilde gritou o nome do marido, atraindo o olhar do bêbado e do dono do bar, mas sem conseguir qualquer reação do Osório. Matilde deu boa noite e entrou valquíria pisando duro. Com as duas mãos nos ombros do marido, ela ergueu-lhe o busto e a cabeça pênsil.

Osório abriu os olhos espantados, encarou a mulher e perguntou-lhe com a língua grossa e a voz pastosa o que fazia num lugar daqueles. Adalberto e o bêbado riam da cena de que se sentiam alheios.

— Levanta! — ordenou Matilde com firmeza, mas envergonhada por causa das testemunhas que não paravam de rir.

Vontade, pensou a mulher, era de encher a cara do marido de tapas.

Os dois saíram meio abraçados do bar e começaram a subida na direção da praça. Quando saíam da rua principal no rumo de casa, o relógio da torre da igreja soltou uma só badalada anunciando as onze e meia da noite na cidade de Pouso do Sossego.

Capítulo 14

Matilde abotoou a blusa até o botão mais alto, fechando a entrada da garganta, e despediu-se do padre. Apesar de redondo e baixinho, com olhos excessivamente gulosos, tinha a voz calma, com boa melodia, e dissera palavras pejadas de sabedoria, indicando o caminho certo. Era preciso rezar, muito e cada vez mais. Algumas promessas também poderiam ajudar. Mas o principal era pedir a ajuda do Pai com a intermediação do Filho. A ajuda de sua Mãe, inexcedível em bondade, era imprescindível.

Assim agasalhada, ela despediu-se do padre gozando de conforto físico e moral. Era o caminho. Não podia ter dúvida a respeito. Assim que ouviu fechar-se a porta atrás de si, olhou o céu e teve a impressão muito clara de que algumas nuvens formavam uma cabeça com longos cabelos e um rosto suave, de olhos doces. A chuva não tardaria, mas ela bem que entendeu a mensagem. Milagre, exclamou comovida, quase em êxtase. E ali mesmo, perto do coreto, pôs-se a rezar. Mas não para pedir, e sim para agradecer pelo sinal mais que evidente de que a ajuda viria sem tardança.

Não tinha ainda saído da praça, às costas a frente da igreja, quando sentiu pinicarem-lhe o rosto os primeiros pingos de chuva. Ah, então era isso. E persignou-se com certa pressa desconhecida com profundo sentimento de esperança. Agora sim, ela pensou e continuou a caminhada até sair na frente do hotel. Pois bem, Matilde cochichou como se apenas ela devesse ouvir, Pois bem, a chuva me lava e não quero, por enquanto, me fechar dentro de casa. Então tomou a calçada da esquerda, agora molhada e já formando as primeiras poças de água, reflexos das nuvens e das casas próximas.

Respondeu ao cumprimento que lhe veio do escuro da farmácia: o Laerte, de guarda-pó branco, atrás do balcão com suas práticas médicas clandestinas. E o Osório, como é que vai? A custo respondeu que sim, muito bem. Claro, a partir de agora, muito bem. Com fé, muitas preces, promessas e sacrifícios, ele voltaria ao ser que sempre fora. Coitado! Alguma coisa acontecia, e ela não sabia o que era. Nem podia pedir ajuda a ninguém, pois teria de revelar o que se passava: sem explicações. A não ser ao padre. Aquela chuva, seu corpo encharcado, cabelos grudados no pescoço, água escorrendo por dentro da blusa, o frio nas costas, olhos semicerrados por causa dos pingos cada vez mais violentos, tudo isso, então, não era seu primeiro sacrifício? E o pensamento erguido, em preces fortes. Depois, velas e flores, abstinência do que mais gostasse — promessas com que salvaria o Osório.

Andou cinco quarteirões, até onde as casas começavam a rarear. Pouco à frente era o campo de um lado e plantações do outro: a estrada. Seus pés doíam e resolveu voltar, mas não pela rua principal, assim, entrou por uma ruela pouco habitada até alcançar a rua que corria paralela à rua do comércio. Olha a chuva, criatura, ela ouviu de uma das janelas que a viam passar. Fingiu não ter ouvido, para não ter de parar e trocar duas, três palavras com a comadre, de onde saíra aquela voz. O primeiro sacrifício por Osório estava praticamente cumprido, este primeiro, por isso acelerou a caminhada. Estava entanguida de frio.

Entrou em casa espirrando, mas feliz. O Osório, por enquanto, bebia a qualquer hora do dia. E já não surpreendiam mais seus gritos de madrugada, Ele me aparece! É ele, eu sei. Ele me aparece! Na última semana completava seu pesadelo pedindo, Tira ele daqui, tira! Alguma doença, com certeza doença da cabeça. Mas agora, seguindo os conselhos do padre, tinha esperança em sua cura.

A empregada veio com uma toalha grossa de conforto, rejeitada por Matilde. Não, eu preciso é de um banho quente. Seus dedos haviam murchado, cobertos de rugas como tomate seco, seu corpo todo tremia azulado e a voz saía-lhe com dificuldade. Encomendou um chá de canela à empregada e jogou-se debaixo do chuveiro. Seu corpo resplandecia envolto em vapor.

Matilde era pura convicção.

Capítulo 15

Um ônibus despeja seus quarenta passageiros na boca do restaurante e, por alguns momentos, temos de mastigar nosso almoço e alguns pensamentos difusos em silêncio. É um bando com fome e pressa, por isso tanto barulho, palavras e gargalhadas. Meu pai olha em volta querendo ficar assustado com a multidão em movimento, e me parece que no primeiro instante sente-se no seu lugar do refeitório: um desconforto. Olha sua roupa civil, o prato à sua frente e novamente percorre com os olhos o restaurante, em toda sua volta. Por fim sorri. Continuamos mastigando metodicamente em ritmo uniforme. O Amâncio me contempla, seu olhar embevecido. O que estará pensando? Sorrio como resposta à sua contemplação. Saiba, meu pai, que me sinto observada. É o que dizem meus olhos alegres e alguns músculos contraídos do meu rosto. Ele me devolve o sorriso com certa dificuldade porque não para mais de mastigar. Que saudade, ele diz, antes de levar o garfo novamente à boca. E não sei se o que sente é por mim ou pela liberdade. Talvez pelo sabor da comida que por mais de vinte anos teve de esquecer.

— Não me lembrava mais deste gosto — ele observa depois de entornar na garganta um copo de refrigerante. — Com quanta bobagem se preenche uma vida — acrescenta agora com timidez na voz.

O bando faminto e apressado, com pressa retira-se na direção do ônibus. Vinte minutos para o banheiro e a mesa. O salão do restaurante voltou a esvaziar-se, as mesas com louça suja. Pergunto ao Amâncio se ele quer sobremesa e ele se levanta prontamente. Um luxo, ele me cochicha. Nem me lembrava mais dessa palavra. E caminhamos lado a lado, bem donos de todo este espaço.

Se antes já não tivemos pressa, agora ainda menos, no doce desfrute da ambrosia com pêssego em calda.

Aproveito o quase silêncio do ambiente e volto a perguntar: arrependimento? Ele me encara e não consigo discernir, em seus olhos, o que é raiva pela pergunta ou espanto pelo retorno ao assunto. Mais de vinte anos, com o tempo todo disponível e a questão a esclarecer. Para pensativo e leva à boca a última colherada da sobremesa. Pega minhas duas mãos e aperta. Sei que está emocionado, que talvez seja a primeira vez em que pensamentos no escuro do silêncio deverão transformar-se em palavras, e isso torna tudo definido, definitivo. Depois de proferidas, as palavras assumem sua concretude.

Filha, ele começa, me arrependo de alguma coisa, claro, mas não me arrependo de tudo. O Amâncio me encara de rosto rijo, sem piscar. Sinto que há muita convicção no que diz, porque ele aperta os lábios e ergue em til as sobrancelhas. Mas o modo como inicia o assunto não me esclarece nada.

— Por exemplo?

Então ele confessa, e é confissão mesmo o que ele começa, com olhos úmidos e a voz trêmula, pigarreada. Não entenda mal, ele diz, não me entenda mal, porque você é o tesouro que me resta. Ele continua segurando minhas mãos e sinto que as palmas das suas estão suadas. Por fim, olhar perfurante, ele solta que o maior arrependimento de sua vida foi ter casado com minha mãe. O ônibus já está na estrada, nem seu ronco se ouve mais. Estamos os dois rodeados de mesas vazias, que até os vestígios deixados pelos passageiros já foram apagados por duas serventes. Posso dizer que estamos sós como em sala de psicanalista: indevassável.

Conheço, finalmente, por seu relato, a história de seu casamento, o modo como foi programado por meu avô e suas razões. Ele me conta por alto alguma coisa de um circo recém-chegado a Pouso do Sossego, suas consequências.

— Mas por que aceitou a proposta? — pergunto quase agoniada, como se ainda fosse possível livrar meu pai de uma abjeção.

Ele solta minhas mãos e enxuga as lágrimas que já não pode segurar. Os olhos arrastam-se na tampa da mesa, sem coragem para me encarar. Ambição, ele diz com voz que lhe sobe das entranhas, como voz de caverna, a última palavra antes do silêncio e do cansaço.

É minha vez agora de tomar suas mãos nas minhas. Não fosse a mesa a nos separar, cobriria seu rosto de beijos, beijos doces e quentes molhados que demonstrassem a ele que mesmo do seu erro, e não de outra circunstância, eu fui gerada.

— E eu? — pergunto ao perceber que aos poucos ele se recupera.

— Você é o meu conforto, e me justifica ao me encarar no espelho, Sophia. Sua existência justificaria qualquer pecado.

Nós dois estamos emocionados a ponto de ficarmos quietos, fugindo abobados de nossos olhares. Meu pai parece envergonhado por seu discurso grandiloquente e que soa ensaiado. Foram anos pensando em palavras que pudessem expressar esta situação. O tempo elaborou essa fala que em sua boca parece falsa. Mas nunca, nesses anos todos, tivemos uma conversa assim, de não esconder a vida, completamente nus. O Amâncio enxuga uma lágrima nas costas da mão e sorri muito desenxabido, refugiando-se no meu sorriso.

Capítulo 16

Os conselhos do padre não surtiam qualquer efeito, pelo menos com a urgência esperada por Matilde e apesar de seus esforços. Osório falava em perseguição. Três mortos, ele dizia com a voz rouca, três sombras que tentavam se camuflar, mas que ele conhecia muito bem. A qualquer hora e silenciosas. Se dormia, qualquer uma delas vinha respirar a seu lado: ar pestilento, ruidoso.

Sair à noite para trazê-lo quase arrastado de volta para casa tornava-se rotina. Alguns vizinhos prontificavam-se a ajudar Matilde, que, por orgulho, recusava a oferta. Voltou algumas vezes à casa paroquial e ouviu novos conselhos antes de consultar a gorda e risonha mãe de santo que uma amiga lhe recomendou. Osório melhorava alguns dias, chegava a procurar novamente seu posto no supermercado, esquecido dos fantasmas que o atormentavam, mas isso era por pouco tempo. Matilde animava-se e telefonava para a filha com suspiros de alívio: parece que agora. Em seguida vinham as recaídas e sua cruz tornava-se ainda mais pesada.

Numa quinta noite de novena, organizada por amigas de Matilde, foi possível arrastar Osório para a igreja. Comportou-se bem, como era esperado. Entrou pela porta da frente, um pouco encolhido por causa do fragor de iluminação rompendo a escuridão da noite. Sentou-se ao lado de Matilde e ficou piscando o rosto virado para seus próprios pés. Era assim que evitava os olhares curiosos das amigas de sua mulher. A luz dos lustres esbatida contra os vitrais escorria lenta e silenciosamente até o piso da nave.

Aos poucos Osório foi-se apossando do ambiente, como um mergulho em água morna, com susto e prazer, até sentir-se todo imerso, livre de qualquer surpresa. Aos poucos, também, ele começou a participar das rezas. Mecanicamente no início, por pura imitação das mulheres, mas por fim com certo fervor que há muito não sentia, uma vontade crua de se livrar dos pesadelos, vontade que lhe vinha do estômago, espraiava-se pelas veias e vinha até a superfície da pele. Houve momentos em que Matilde, com medo de que o marido entrasse em crise emocional profunda e começasse a chorar, apertava com dedos algozes o braço mais próximo de Osório.

Rezaram com muita concentração, o pensamento voltado para a cura de Osório.

À saída, quem sentiu um bem-estar há muito esquecido foi Osório. Ele teve vontade de dar uns pulinhos na frente da igreja, cuja porta estava sendo fechada por uma das beatas. Ele estava com a boca e os olhos sorridentes, e seus pés pareciam duas asas. Pequenas, porém asas. Ficou apenas na vontade, que pular, além de ridículo, ameaçaria o equilíbrio da esposa. De braços dados, Matilde e o marido despediram-se das amigas e atravessaram a praça na direção de casa. Estou novo, ele repetia a cada cinco passos. Graças a Deus, estou novo. Sua coragem desmedida, naquela quinta noite da novena, andava perto da audácia. Osório tinha vontade de sair gritando pela rua, com ameaças e desafios: quem quiser, que venha, não tenho medo de ninguém, quem está aqui comigo é o Santo Antônio. Ficou na vontade, porque Matilde, sua esposa, era mulher respeitadíssima, que jamais, pelo que se sabia a seu respeito, dera um vexame em público. Recato, isso sim era sua qualidade principal. Melhor aproveitar o ar fino e fresco da noite na caminhada cheia de cumprimentos para um lado e outro: os dois, eles, de braços dados debaixo de um céu cheio de estrelas.

Dois quarteirões adiante, plateia minguando, seus ouvidos distinguiam perfeitamente o que era o salto fino e comprido, bem feminino, ferindo o calçamento, e seus próprios passos, de ruído seco, ainda um pouco arrastado. Ah, sim, mas logo estaria bem. Muita esperança, depois daquela noite de novena. Além de esperança, a força em seus músculos, circulando.

Ali à frente, poucos passos, a fachada reformada da antiga Casa Figueiredo, agora sem portas para a rua e a entrada pelo portão lateral. Sua casa. Osório sorri em segredo, o rosto no escuro, satisfeito outra vez com a vida.

A empregada, à porta, esperava-os de sobrancelhas erguidas pela ansiedade, então, como é que tinha sido, uma novena, ah, sim, remédio melhor não há. Na Terra, nenhuma farmácia é superior à farmácia do céu. Ainda mais quando se tratava de espectros noturnos. Dizia isso em sua casa, repetia às amigas, comentava todos os dias com Matilde. Com o ruído do portão, desligou o bico do gás e tampou a canja de galinha, à noite, uma comida leve. Já estava com tudo pronto para enfrentar a ladeira da Vila da Palha transportada por seus pés inchados e um pouco dormentes.

— A esta hora da noite?! Quisperança!

Além da força que sentia circulando em seus músculos, Osório sentiu um caldo de bondade que lhe invadia o corpo sem barulho, talvez, porém, necessitando de um pouquinho de alarde. Não basta ser bom, ele quase pensou, é preciso que os outros o percebam.

Em cinco minutos entregou a empregada à casa dela e estava de volta. De carro!, o marido e os filhos admirados quando ela chegou.

Caldo de galinha, a novela das oito e um bocejo prolongado: dormir com os anjos — corpo e mente em levitação gozosa.

Foi na madrugada daquela noite que Matilde acordou assustada com o nome do doutor Madeira aos gritos dentro mesmo do seu ouvido. Acendeu a luz a tempo de ver o marido dando murros no ar, tentando afastar algum fantasma, e pedindo socorro ao amigo já falecido. O corpo coberto de suor, ele abriu os olhos e sentou-se com as costas na cabeceira da cama. O marido se apalpava, corria as mãos nos braços, olhar esgazeado de quem ainda não estava entendendo o que tinha acontecido.

— São quatro horas, Osório.

— Quatro horas — ele repetiu autômato, sem noção de onde estava.

O homem estava pálido, esverdeado, e mexia a cabeça em círculos, gemendo.

Um quarto de hora mais tarde, Osório começou a contar à esposa que estava indo de carro para a Vila da Palha quando a ponte se partiu em duas e o carro despencou lá de cima. E vinha caindo e nunca terminava de cair nas águas do rio, uma corredeira escura, lugar apropriado para se morrer.

— Mas que rio, Osório?

Osório desabotoou o pijama e passou a mão pelo peito suado. E enquanto caía, o malabarista, já não se lembrava do nome, tinha cravado os dentes em seu braço, e os dentes saíam dos próprios olhos saltados. E os outros. Sim, os outros.

— Do que é que você está falando, Osório? Que história de malabarista é essa, homem?

— Cravou os dentes aqui neste braço. Os olhos saltando fora, Matilde, o rosto quase encostando no meu.

Um silêncio úmido sobre a cama, ele ainda arfante do esforço para se livrar de Teodoro Malabar. O segredo daqueles anos estava prestes a ser revelado quando Matilde perguntou:

— E onde é que entra o doutor Madeira, que você chamava desesperado?

Foi ouvir aquele nome e Osório emudeceu com os dentes rilhantes, para que nada mais escapasse de sua boca.

Mas não esqueceu o modo como o doutor Madeira entrou na história, fato que se recusou a revelar temendo ultrapassar os limites do que poderia ser dito. Dentro do carro, apenas ele, pensando que seu fim estava nas águas do rio, o rio, contudo, acabava por desaparecer e ele estava de pé, em terra firme e ao lado do carro, apesar de não sumir a ponte partida ao meio. Um bando de sombras, umas dez, o rodeavam soltando gargalhadas furiosas, esvoaçantes, as bocas escancaradas e os olhos brancos, totalmente brancos. Elas agiam sob o comando de Teodoro Malabar, que se aproximava para morder seu braço, e se afastava novamente. O doutor Madeira, em lugar de vir livrá-lo daquela ciranda fantasmagórica, sentado num trono de ouro, a tudo assistia fingindo-se alheio ao assunto. Sacudia a cabeça querendo dizer que não conhecia nenhum dos participantes da dança. Então gritou seu nome e não conseguia se lembrar de como o sonho continuava.

Sentado, o suor escorrendo-lhe pelo rosto e caindo sobre o peito, Osório permanecia mudo e imóvel. Alguma insistência de Matilde para saber que sentido poderiam ter as palavras do marido foi inútil. Teso, olhos imensos, ele não se mexia mais, sentado com o queixo apoiado nos joelhos, semblante ameaçador. Matilde pegou seu travesseiro e foi dormir no sofá, crente de que o marido havia sido tomado pelo demônio.

Depois dessa noite, nunca mais dormiram na mesma cama. Osório passou a habitar o quarto da filha, na extremidade oposta do corredor.

Capítulo 17

Quero perguntar como ele sente o crime cometido, mas reluto. "Crime" já me parece um julgamento, palavra muito forte, então começo fazendo rodeio, tentando chegar ao assunto por suas beiradas. Depois de algum tempo em silêncio, ele me parece melhor. Aproveito, enquanto ele distrai os olhos com o morro além da janela, e o contemplo emocionada. É um homem bonito, meu pai. Com este olhar em que tristeza e marotagem se misturam em reflexos de mel e castanhas, ele parece um ator de cinema. Apesar desses anos passados em reclusão, sofrendo, e apesar de certa magreza do rosto, as maçãs quase furando a pele, ele é um homem bonito. Quando criança, em casa, nunca vi uma só fotografia dele. Antes de ser levada até a penitenciária, ficava imaginando como poderia ser sua fisionomia. Mas ele é mais bonito do que todas as máscaras que minha imaginação lhe arranjava naquela época.

Começo então a falar de Pouso do Sossego, as famílias, o que têm feito. Ele me pergunta como estão as coisas no supermercado. Na época da prisão, eu sei, ele era o gerente do supermercado. Conto pedaços da história do Osório, o modo como foi-se abandonando ao delírio até minha mãe propor a dissolução da sociedade. A Matilde pegou uma parte e sumiu. O marido ficou falando sozinho pelas ruas, sujo, barbudo, as roupas rasgadas. Um dia a filha voltou à cidade e o levou com ela. Dizem que foi internado numa casa de repouso. Meu pai está uma estátua: não pisca. Mas então... ele diz, mas então, e não progride, pois não sabe o que dizer. Sozinha, adivinho o que ele quer saber, comandando tudo. Menos as fazendas, que aí é outra história.

Resumo algumas encrencas entre as famílias Madeira e Alvarado, coisas da política, e ele se mostra interessado, iluminando-se. Aquele Hipólito, meu pai balbucia, Hipólito Alvarado. Me parece que chegou a oportunidade e pergunto:

— Arrependido?

Ele sacode a cabeça sorrindo. Que não, de maneira alguma. Faria tudo sem tirar uma vírgula. Um canalha que não merecia continuar vivo, arremata em desabafo esvaziando o peito.

E pede um cafezinho.

Ele olha o morro através da janela como se fosse pela primeira vez. Está encantado e me diz que não sabia mais o que era olhar para longe. Como é bom, meu pai resmunga. Este é o Amâncio, que acabei de resgatar para a vida. Quase vou às lágrimas de tanto orgulho. Percebendo que estou emocionada, ele pega, com suas duas mãos grandes de camponês, minhas pequenas e frágeis mãos como duas andorinhas trêmulas que não pretendem fugir.

Funcionários do restaurante nos espiam com frequência e imagino o que podem estar pensando. O ser humano é em sua essência um ser narrativo, não vive sem produzir histórias. Não me preocupam as histórias que devem estar cruzando por suas mentes. Meu pai começa outra vez o discurso em que apareço heroína e seu único tesouro, o que lhe resta na vida. Não sou de encabular, mas sinto minhas faces ardendo.

— Então no comando... — ele diz para dentro, impressionado com a notícia, apesar de óbvia.

— Nem um pouquinho de remorso? — absorto, ele demora para entender minha alusão.

Com estalidos da língua contra a raiz dos dentes, meu pai nega qualquer remorso. Aperta minhas mãos.

— Paguei o preço. Perdi vinte anos e ele não existe mais. Estava sobrando no mundo. Nenhum remorso, minha filha. Faria tudo de novo sem tirar uma vírgula. Mas seu pai não é um assassino, entende?

Percebo que para ele é assunto desagradável e o convido para pegarmos a estrada novamente. Ele concorda com rosto e alma refrigerados. Enfim, todos os espaços à sua espera.

Capítulo 18

Ainda mais agora, com o Osório falando com fantasmas, argumentava Lúcia, como largar o supermercado e cuidar das fazendas? A mãe, mastigando pão com manteiga, concordava com movimentos de cabeça, e Sophia, a filha pequena e única, nada entendia, entretanto, exercitando-se em fazeres adultos, sacudia a cabecinha sem tirar os olhos da avó.

Mês de junho, o outono arrancando folhas amareladas de algumas árvores do quintal. A noite anterior fora de ouvir o relatório de dois capatazes. Ficaram até as nove horas com seus números e notícias, os chapéus no chapeleiro da sala, as bocas abertas, porém mudos.

— Mas quem? — insistiu Lúcia sem parar de mastigar.

Outros dois viriam na próxima noite, e Lúcia não esperava melhores resultados. Naquele mundo faltavam as rédeas do doutor Madeira.

— Quanta falta faz meu pai.

Foi uma conversa com que prolongaram o desjejum até quase as dez horas, e só a interromperam porque um telefonema reclamava decisão urgente da proprietária do supermercado. Era o início de uma ideia, a constatação de uma necessidade.

— Mas quem?

O sol de junho entrava desmaiado por duas janelas da cozinha, onde a família, agora à míngua de um chefe masculino, tomava todos os dias o café da manhã. Entre Lúcia e Júlia mantinham-se fios invisíveis, porém resistentes, de disputa pelo poder. Seus olhares nem sempre continham alvíssaras: o modo como se olhavam. De algum curral, uma varejeira chegou para voejar sobre a mesa com seu zumbido irritante. Apesar de verde, não trazia esperança alguma. Lúcia levantou-se dando tapas no ar.

— Odeio essas coisas de fazenda.

Nisso, chegou da sala o trilo do telefone chamando.

— Alguém que tenha conhecimento científico da lavoura e saiba administrar.

Lúcia já veio com a bolsa a tiracolo e disparou sua resposta à pergunta da mãe, que já nem se lembrava mais de haver feito alguma pergunta. Razão a mais para que se espantasse com a afirmação da filha. De onde poderia ela ter tirado aquela ideia de "conhecimento científico"? Seu marido, com quem vivera quase trinta anos e de quem ouvira sempre os problemas das fazendas e suas soluções, jamais teria proferido uma heresia como aquela. Ficando louca, sua filha, com uma conversa que ninguém pode entender? Os filhos deveriam seguir os mesmos caminhos dos pais.

— Não é, Sophia?

Invocada como testemunha dos pensamentos da avó, a menina ergueu as sobrancelhas e esperou por uma explicação, que não veio. E como já tivesse terminado de tomar seu café, pulou da cadeira e saiu correndo ao encontro do tio Francisco, no jardim. Ainda conseguiu ver por trás o carro da mãe, que atravessava o portão.

A vida transcorreu sem alterações no sobrado da família Madeira, pelo menos alterações destas visíveis, que se percebem mesmo involuntariamente. Porque a ideia de entregar a administração das fazendas a alguém com mentalidade mais moderna, com projetos de melhor aproveitamento dos recursos existentes, essa ideia rodava na cabeça de Lúcia, ora com menos, ora com mais intensidade. Mas calava desde que sua mãe deixara clara sua oposição à entrega da direção das fazendas a qualquer desconhecido, só por ter conhecimento científico. Só rindo mesmo, pensava Júlia com a cabeça escondida no escuro, não fosse ofender a filha com o menosprezo por suas ideias.

Sem novidade qualquer de alguma importância transpuseram o inverno e a primavera. Plantas brotando, animais crescendo, máquinas troando. O supermercado, sob seu comando, mantinha o concorrente abafado, quase agonizante.

— Depois que meu marido, o ex, foi preso, fui estudar o funcionamento de uma casa comercial. Hoje é aqui a minha vida. Não me interessam ofertas de qualquer espécie, muito menos fazenda de gado no Triângulo Mineiro.

Um dos diretores da rede de supermercados que se instalara com uma loja em Pouso do Sossego, acompanhado pelo gerente local, teve uma entrevista previamente marcada com Lúcia. Depois de ouvir a oferta que lhe vieram fazer, respondeu que não tinha o menor interesse em ampliar os problemas que já enfrentava. Hoje é aqui a minha vida, disse Lúcia aos visitantes.

A cidade toda ouviu o boato de que o outro supermercado estava para fechar. E o boato, apesar de apenas um boato, enfraqueceu ainda mais o concorrente. Mantinha-se vivo com os restos que Lúcia ia deixando-lhe, principalmente os maus pagadores, cujas cadernetas eram mantidas penduradas um palmo acima das cabeças dos caixas para escarmento público.

Sophia acabou por descobrir que, assim como suas amiguinhas, também tinha um pai. Era o verão, o forte do verão, quando foi passar uns dias com os avós paternos a despeito da má vontade de Lúcia para com aquela gente rude, os roceiros. Livre da filha, e a mãe apoiada num pequeno exército de mulheres e homens, seus serviçais, Lúcia foi passar as festas de fim de ano em Porto Cabelo, onde ultimamente era muito bem-recebida pela grã-finagem local. Não que não tenha convidado a mãe para o passeio, mas o fez com tão pouco empenho que esta, com o olhar descaído de viúva a quem o mundo não interessa mais, alegou a proximidade da neta, nunca se sabe, algum problema.

Lúcia ainda convidou uma vez mais sua mãe, O passeio vai te fazer bem. Júlia estava de pé, perto de uma janela. Afastou-se um passo e percorreu-se com os olhos, encostando o queixo nos botões do vestido fechado até a garganta. Não era mais o luto fechado e preto, mas suas roupas de tons pardos lembravam a todos a morte de seu marido.

Lúcia respondeu brusca ao gesto mudo — aquele olhar de sofrimento.

— A senhora não acha que já passou da hora de abandonar esse luto, mãe?

— Mas tem a Sophia, que pode querer voltar pra casa.

Sentada numa poltrona da sala, onde manchas movediças de sol dançavam ao ritmo das cortinas, Júlia ouviu os passos secos da filha subindo a escada no rumo de seu quarto. Um dia ela vai reger soberana os destinos desta casa, ela concluiu com um suspiro. Assim é o tempo, que nada pode deter, a medida de nossa vida.

Na volta de Porto Cabelo, Lúcia veio com novo ânimo tatuado no rosto. Acho que encontrei a solução, ela chegou dizendo, mesmo antes dos abraços de cumprimento. Nos dias em que estivera fora, tomara a resolução de assumir definitivamente a economia familiar, passando, se fosse preciso, por cima da mãe como um trator. A imagem lembrava-lhe os sulcos deixados na roça pelas rodas de um trator. E tal resolução era em grande parte o resultado de um encontro no baile do *réveillon* no Clube Comercial. Encontro casual: um homem ainda jovem convidou-a para dançar.

— Ele não pode vir este ano — avisou em casa —, tem contratos que não pode romper. Mas para o próximo verão vamos ter um engenheiro-agrônomo a nosso serviço.

A notícia da próxima chegada de um engenheiro-agrônomo pôs a família Alvarado em grande excitação. Andaram comprando implementos agrícolas novos, importaram uma ordenhadeira mecânica, procuraram informações nas principais casas de agricultura e pecuária da capital. Por fim, a excitação amainou, passou o susto inicial e atravessaram o ano sem mudar quase nada em sua rotina, a não ser a ordenhadeira, que, além de ordenhar, serviu de atração para o povo de Pouso do Sossego. Foi então que resolveram melhorar o desempenho das vacas, substituindo-as pelas malhadas de branco e preto, da raça holandesa. Leite e queijo, agora, até para exportação.

Cada gesto, cada palavra de Lúcia, apesar de histórias antigas e tenebrosas a seu respeito, estremecia o chão da cidade. E, agitada como era, trazia a cidade em estado permanente de sobressalto. Além dos mais velhos, ninguém mais falava do doutor Madeira. Em seu lugar, a maioria das pessoas tinha agora a Lúcia, dona do supermercado. E de muitas fazendas, aparecia alguém para lembrar.

Capítulo 19

Foi na minha segunda semana de férias. O Maurício, faz tempo que o Maurício morreu, quando telefonei ele já estava enterrado. Uma pneumonia. Ele às vezes tomava frio e chuva cuidando do portão. E de toda a frente da casa. Território dele, onde mais ninguém. Então o Maurício abriu o portão e um carro preto, enorme, entrou, parando na frente da escada. Bem assim, na frente da escada. Um homem alto, de óculos escuros, desceu como se fosse na casa dele. Nem chegou a olhar para os lados. No patamar, minha mãe sorria num exagero de felicidade, com os braços esticados dando as boas-vindas: as duas mãos em movimento. Tinha um jeito meio de árabe, ou italiano, depois, mais tarde, descobri que era filho de espanhóis. Eles sumiram pela porta da sala e não vi mais minha mãe naquela tarde.

  Desde cedo somos treinados para reconhecer os perigos. Só assim me entendo e me explico: as antipatias instantâneas. Quando vi aquele homem com cara de toureiro desaparecer pela porta da sala com minha mãe, já comecei a não gostar dele. Pois nele tinha farejado o perigo: aquele seu modo de dono.

Minha má impressão piorou quando nós quatro sentamos à mesa do jantar. Sim, éramos quatro à mesa. Ele ficou fabricando simpatias ao lado da minha avó. Me olhou duas, três vezes, tentou uma gracinha, e encolhida no alto da cadeira tive vontade de escorregar para baixo da mesa. Era como se ele tivesse oferecido o dedo, que eu morderia com vontade. Me abandonou até a hora de se despedir. Disse que estava hospedado no Hotel Mil e Uma Noites. Voltaria no dia seguinte para assumir suas funções. Minha mãe tinha convocado uma conferência dele com os capatazes.

— Esta conferência — minha mãe afirmou muito excitada — já é um método mais moderno de administrar. Ouviu, mamãe?

Minha avó parecia comungar de minha antipatia. Não respondeu.

— Eles vão marcar uma agenda de visitas, e o Rivaldo vai pedir um relatório detalhado do que se faz em cada fazenda: cultura, pessoal, implementos, produção dos últimos anos, tudo bem detalhado.

A novela foi que nos salvou daquele discurso com que ela tentava seduzir sua mãe.

Em defesa da honra. Minha avó da roça descrevia meu pai assim: em defesa da honra. Eu não sabia o que era aquilo, e quando vi o toureiro pelas costas, ele saindo da nossa casa já no escuro da noite, pensei que um homem assim, no seu tamanho e no seu rosto meio sombrio, um homem assim não podia ser meu pai. Não me pareceu que ele fosse o defensor da honra de ninguém. Essa sensibilidade para julgar uma pessoa ao primeiro contato é um dos meus defeitos e pode ser perigosa, mas convivo com ela desde criança. É ver e julgar. Acho que vejo além, vejo o invisível. Muitas vezes já me enganei a respeito das pessoas. Depois arco com os prejuízos. Mas, daquela vez, não estava errada.

Aquele homem, o Rivaldo, começou a sair cada vez mais tarde de casa. Ficava em conversas espichadas na sala, os dois sentados no mesmo sofá. Minha avó enrugava a testa, as sobrancelhas irritadas, me pegava pela mão e cochichava, É melhor a gente subir. Eu subia e nem olhava para trás, mas já intuía o que se passava, e que deixava tão irritadas as sobrancelhas da minha avó.

Numa tarde garoenta e fria, fiquei na sala colando figurinhas no meu álbum. Tinha poucos deveres de casa e não podia sair para o jardim. O sobrado estava encolhido recebendo aquele chuvisco nas costas e um silêncio úmido parecia escorrer paredes abaixo. Só percebia a existência de vida em casa com um ruído muito abafado de vozes e louças que vinha da cozinha e esbatia já exangue na porta da sala. Acho que minha avó fazia sua sesta.

Então, imersa naquele silêncio, ouvi barulho do portão se abrindo. E lá estava o velho Maurício enxugando o rosto com a manga da blusa. O carro daquele Rivaldo entrou como se entrasse no quintal da sua casa. Imponente, autoritário, se apossando. Por milagre, aquilo, ela aparecendo na sala com o conhecimento de um ronco de motor? Por milagre. Abriu a porta e ficou de pé muito alegre, enquanto o toureiro galgava a escada. Os dois numa disputa de felicidade em seus respectivos semblantes: aquele brilho.

Tenho a impressão de que o Rivaldo me fez festinha na cabeça, mas com certa indiferença irritante como se eu fosse uma cadeira que a gente arreda e arrasta para onde tiver vontade. Fiquei concentrada no meu álbum enquanto eles foram parar perto do piano, no outro lado da sala, e lá começaram a falar em voz baixa. Se achavam que eu estava interessada na conversa deles, achavam errado.

Depois de algum tempo de cochichos, minha mãe se levantou para fechar a porta porque estava entrando um vento frio e úmido. Passando por mim, ela me disse só com as pontas dos lábios:

— Vem cá, temos um assunto a tratar.

Fiquei espantada com a solenidade dela, mas deixei a cadeira onde estivera sentada e acompanhei minha mãe.

Me fez sentar no braço da sua poltrona e começou dizendo que eu já era uma mocinha, que tinha direito a algumas satisfações e esperava que eu me comportasse etcétera e tal. Eu olhava para ela de olhos bem abertos, talvez amedrontados. Depois de um imenso palavrório sobre mim, ela fez uma pausa, mirou o rosto do toureiro e completou bruscamente:

— Pois é, então nós vamos casar. Agora eu espero, nós esperamos — ela bateu a ponta do dedo no peito do Rivaldo —, que a partir de hoje você trate o Rivaldo de pai.

Eu podia esperar qualquer coisa da minha mãe, que sempre me pareceu meio destrambelhada, mas aquele pedido ultrapassou de longe qualquer expectativa minha. Dei um pulo da poltrona e, chorando de vergonha e raiva, subi as escadas gritando que pai eu só tenho um. E repeti os gritos que me arranhavam a garganta: pai só tenho um. Meus pés, de propósito, davam pancadas de muito peso nos degraus, passos retumbantes, para que a casa toda testemunhasse a causa da minha rebeldia.

Capítulo 20

Mal atingimos a estrada, o Amâncio me pergunta do que é que eu vivo. São campos habitados por algumas cabeças de gado alternados com pequenas lavouras o que ora atravessamos. Paisagem que, para meu pai, criado em fazenda, deve restituir parte da alegria juvenil. É o que penso e passo a observar a direção de seus olhos, que deveriam estar passeando pelas várzeas de horizonte azulado. Mas ele me fita o rosto com afinco a fim, talvez, de me ver mais fundo.

    Agora, que dispomos de nossos destinos, e que, no futuro suposto, teremos de conviver membros de uma pequena família, é forçoso conhecermos melhor um ao outro. Em nenhuma de minhas visitas à prisão, o Amâncio se preocupou com minha vida econômica. Lá dentro só restara o passado em que pensar e aquela morte provisória, que é a vida apenas por obstinação, para a qual não existe futuro. Até a claridade, uma vez me contou, quando acontecia, entrava na cela pelo alto, uma janela fora de qualquer alcance, além da visão, e no alto estava o nada.

Me finjo atenta à estrada para justificar a demora da resposta. É difícil, muito difícil conhecer as intenções causadoras de uma pergunta. Por que ele quer saber do que vivo, agora que, pelo menos durante algum tempo, será do que ele também vai viver? Até onde vai seu ódio por tudo que vem da família Madeira?

Então faço um relato bem resumido de como um Rivaldo contratado para cuidar das fazendas entrou na vida da família. Meu pai afirma que já supunha esse segundo casamento de Lúcia, sem demonstrar emoção alguma. Isso é natural, ele diz sem piscar. Tenho de engolir algumas palavras primeiro para então continuar. Enfim, ele não foi o primeiro marido, pai da única filha gerada pelo ventre daquela mulher? Natural, ele diz. Sem piscar.

Por fim, suspira quando, relutante, descrevo o modo como o toureiro foi recusado por mim como o novo pai. Meus pés estrondeando nos degraus para que todos conhecessem minha opção. O Amâncio esfrega as costas da mão no rosto e presumo que esteja colhendo uma lágrima. Também me emociono, mas de forma controlada, pois estou dirigindo a uma velocidade bem acima da permitida.

— E foi com essa mesma decisão que atingi a adolescência, meu pai. E foi assim, sem me arredar da primeira impressão, que vim morar na capital pra cursar uma faculdade. Foi necessária a intervenção até dos empregados pra que não nos lanhássemos a unhadas quando recusei sua sugestão profissional. Primeiro falou em Agronomia, mas percebeu a mancada, seu marido agora é um agrônomo, então partiu para a Administração, pensando no supermercado. Porra, gritei pra que a casa inteira ouvisse, e em mim, você nunca vai pensar? Só nos seus bens? Ela me segurou o pulso com umas garras que eu desconhecia. Então gritei mais ainda. Pobre da minha avó, iniciou assustada a descida da escadaria, se apoiando, se agarrando nos balaústres, imagino, só sei que, quando chegou, já estávamos separadas. E suando, ofegantes. No dia seguinte ela me convidou para uma conferência na saleta. Fui tremendo atrás dela, mas resolvida a endurecer. Me enganei. Ela estava muito suave, rosto e sorriso e fala. Que então, muito bem, fizesse o que quisesse da minha vida. Muito bem. Me passou um cheque já preenchido, disse que no fim da safra me daria uma importância bem maior. Que então, muito bem, mas que enquanto ela estivesse viva não pedisse mais um tostão sequer. Me arranjasse sozinha dali pra frente.

Faço uma pausa esperando a reação do meu pai. Ele tosse, expulsa um pigarro, mas não diz nada.

— E hoje estou cursando Filosofia, como era meu propósito.

Só então ele parece acordar com cara de susto.

— Mas vai viver do quê, menina?

Ele não imagina o valor recebido pelo sossego do casal. Minha mãe viajou para acertar a documentação daquela antecipação da herança. E pra fiscalizar meus colegas e amigos. Me sugeriu uma festinha sem pretexto e aceitei, pois sabia bem quais eram suas intenções. Não rolou droga, e meus amigos beberam muito pouco. O convite era bastante claro a respeito. O Cardoso levou o violão, alguém, não me lembro quem, levou instrumentos de percussão: comemos, cantamos e bebemos um pouco até de madrugada. No dia seguinte a Lúcia voltou satisfeita pra Pouso do Sossego.

De tudo vou dando conta a meu pai. Como vivo e do que vivo. Sem dar detalhes, falo das aplicações da minha pequena fortuna, cujo rendimento me garante a sobrevivência sem apertos e longe do sobrado dos Madeiras.

Ele suspira me parece que conformado, quando digo a ele que é com meus rendimentos que ele pode contar para reiniciar a vida.

— E ainda tenho minha parte no sítio, se meus irmãos não detonaram com tudo.

— Detonar não detonaram, mas com a perseguição dos Alvarados eles andaram se obrigando a negócios muito ruins. Não vai sobrar grande coisa.

Ele suspira uma segunda vez, vira a cabeça para o lado e fica olhando os campos em aparente movimento. Agora tenho certeza de que ele se sente existindo, o objeto transmudado em sujeito: o que vê e entende. Entramos numa região montanhosa e cheia de curvas. Diminuo a marcha, pois sei que temos muito tempo para chegar ao meu apartamento. Temos o tempo todo que quisermos. Se é que temos um destino certo, um curso a seguir.

Do campo, uma hora ele me diz emocionado, eu nunca deveria ter saído. De brincadeira nos olhos, de safadeza, pergunto erguendo as sobrancelhas e os ombros, Mas e eu? Seu embaraço me comove e passo o braço direito por cima de seu pescoço. Não adianta querer modificar a vida passada, paizinho. O que nos guia é muito mais a necessidade do que a liberdade. Se assim e não assado... e a gente chegaria na história de Adão e Eva. Sua concordância são duas sacudidas de cabeça que mal vejo. No alto, onde estamos, é preciso dirigir com cuidado, pois são muitas as curvas, e há momentos em que se tem a impressão de estar passando por cima da própria estrada, cujas alças a gente pode ver lá pra baixo. Presa à estrada, mal acompanho meu pai. Um caminhão vem descendo e sou obrigada a jogar o carro para o acostamento.

Capítulo 21

Faltava ainda algum tempo, coisa de meia hora, e Lúcia estacionou o carro na sombra mais próxima da entrada principal: a imponente fachada, como se dizia no jornal da cidade. Desceu furiosa, batendo a porta com raiva, e quanto mais olhava em torno mais furiosa ia ficando. Semblante sombrio debaixo de um sol indeciso entre primavera e verão, ela mastigava palavras bem azedas. Pisou seco, pesado, muito militar, nos paralelepípedos com que calçou o estacionamento e para o primeiro trabalhador que viu, perguntou pelo Altemar, Onde o Altemar? Lá dentro, foi a resposta. O prefeito lá dentro no comando. Já mostro quem comanda, Lúcia resmungou enquanto subia as escadarias. Já mostro.

  Estabanada de pernas e braços atravessou o saguão, pois vinham vozes da secretaria. E foi lá que entrou, barulhenta e sem pedir licença. O prefeito conversava alegre com alguns de seus secretários, pois era dia de inauguração, e vivia repetindo que o homem se sente vivo nas coisas que realiza. Ele, muito simplório, mas amigo do Laerte da farmácia, uma sumidade, e cunhado do Leôncio, dono das informações que desembocavam todas em sua barbearia, gostava de frases de efeito, que julgava muito filosóficas.

— Escuta aqui, seu Altemar, que palhaçada é esta?

O prefeito e seus secretários cortaram o riso pela metade, congelando a alegria, e Altemar quis saber:

— De que palhaçada a senhora está falando, dona Lúcia?

Altemar não se levantou, não se mexeu, os músculos retesados para levar bordoada. Ele arrancou a pergunta de um lugar desconhecido de sua garganta e perguntou com a devida humildade.

A filha do falecido doutor Madeira, herdeira de posses e poses, sentou-se antes de ser convidada, o rosto brilhando de indignação. Os três secretários com quem o prefeito estivera conversando afastaram-se quanto puderam querendo evitar alguma pedrada perdida.

— Isto aqui é uma inauguração, Altemar, de gente grande. O Secretário de Estado da Saúde daqui a pouco chega. Ele me ligou dizendo que estava a cinquenta quilômetros.

— Não entendi, dona Lúcia. O que há de errado em tudo isso?

Lúcia sacudiu a cabeça com ar de piedade, estralando a língua contra os dentes. Seu cabelo castanho emitia faíscas vindas do sol, ela toda explodia em faíscas de raiva.

— Você quer transformar nossa inauguração numa festinha de arraial, Altemar?

Os olhos da mulher grudados no rosto suarento do prefeito, ela esperava alguma reação do alcaide, que, contudo, mantinha um olhar atônito, meio embrutecido. Como ele não desse mostra de haver entendido o assunto, Lúcia terminou autoritária:

— O senhor me faça o favor de mandar alguém tirar imediatamente esses cordões ridículos com bandeirolas de papel colorido aí da frente. Isto aqui é um hospital e hoje não é festa de São João. Entendeu? O Secretário daqui a pouquinho está chegando. E mande reunir o povo, seu Altemar. Muita gente, entendeu?

O secretário de obras, o mais velho dos três, que, além de mais velho, era o mentor daqueles enfeites festivos, tentou defender seu chefe.

— Mas isso é a tradição, dona Lúcia. Sempre foi assim.

— Pois soque no rabo sua tradição, ouviu bem? Porque é de pensamento novo que precisamos, seu Altemar, de progresso, não é mesmo? Ora, sempre foi assim. Pois se foi, foi sempre uma bosta. É preciso acabar com isso.

Levantou-se e rufando seus passos com peso no piso, como entrou, ela saiu. Rumou para o carro e pouco depois já se podia sentir o cheiro da borracha que tinha ficado no chão: aqueles paralelepípedos.

Foi na cama, entre dois bocejos de Rivaldo, que a ideia despontou, tímida ainda, mas verde, prometendo crescer. Se Lúcia não achava que já estava na hora de um hospital em Pouso do Sossego. Ele tinha chegado há pouco de Porto Cabelo, onde tivera de passar a tarde à espera de um de seus capatazes. Cirurgia no braço direito que não poderia ser feita na clínica do doutor Murilo por falta de equipamentos.

Lúcia sentou escorando as costas na cabeceira da cama e ordenou que o marido repetisse o que tinha dito. Você está louco?, ela perguntou com voz aguda, e a clínica do doutor Murilo, como é então que vai ser?

Rivaldo virou-se para o lado, fechou os olhos e dormiu. Aquilo apenas uma ideia tola por causa do cansaço daquela tarde toda.

No dia seguinte, hora do café, acrescentou como se tivesse passado a noite pensando no assunto: ele fica de diretor. Lúcia ergueu as sobrancelhas, iluminada, de repente, com solução tão simples. Sophia despediu-se da mãe: hora da escola. O casal sorriu-se um para o outro, um sorriso de cumplicidade. Muitas conversas já, sobre aquela rejeição teimosa.

Aliciar benfeitores, convencer o prefeito e com ele viajar à capital para contatos com deputados, converter o doutor Murilo à causa do progresso, tudo isso foi trabalho de Lúcia durante quase um ano. Os projetos dormiam sobre a escrivaninha e o desânimo começou a dominar a cidade, muito excitada desde a primeira notícia.

Verba, eis a palavra. Verba. Sem os recursos da Secretaria de Estado da Saúde, o que havia sobre a escrivaninha eram papéis adormecidos. Dois anos já quando finalmente o Secretário de Estado da Saúde viajou para o lançamento da pedra inaugural.

Foi na cama, esfregando os olhos, que Altemar lembrou a esposa, É hoje o dia da inauguração. E os dois saltaram ágeis para o chão porque assim o tempo passaria mais rápido. Foram terminar de sorrir no banheiro, olhando e ouvindo encantados a água a jorrar das torneiras. Dia de festa.

O carro oficial entrou abrindo claros na multidão e trepidou sobre os paralelepípedos do estacionamento, com milhares de olhos pasmos fixos em sua direção, olhos de um povo que não acreditava em autoridade das maiores alturas em visita a Pouso do Sossego. Aquela grandeza por aqui, no meio da gente: um orgulho. Receberam o Secretário cantando o hino da cidade, os peitos patrióticos e marciais.

Lúcia olhou em volta e sacudiu a cabeça. Ela sorria o tempo todo. Ao lado, o engenheiro-agrônomo expunha sem qualquer modéstia seu ar de proprietário, seu modo de olhar todos do alto de sua altura. A Sueli acenou-lhe por cima do povo. Ela estava lá com seu Caio, casada com ele. Não podia perder uma inauguração em que seu pai era empossado o diretor clínico do maior hospital da região. Nem em Porto Cabelo, ele dizia erguendo o punho. A Matilde passou cumprimentando um tanto murcha. Não estão mais juntos, cochichou uma comadre. Quem? Ela e o compadre Osório. Faz muito tempo que moram na mesma casa, mas nem conversar mais eles conversam. Coitado, como foi perder o juízo assim dessa maneira? Bem longe, perto dos carros, Osório olhava a multidão com vontade de chorar. Para ele, a vida agora era uma distância quase impossível de ser vencida. Ele olhava por trás, só via as costas das pessoas.

O discurso do prefeito, apesar de escrito, foi uma lástima como estrada esburacada. Seus pigarros, solavancos e tropeços. Por sorte, pensou Sophia, teve o bom senso de fazer um discurso bem curto. Enquanto alguns vereadores usavam a tribuna da inauguração para se gabar dos esforços que este servo da edilidade empreendeu com o objetivo de que o colosso da saúde estivesse sendo inaugurado. Houve um desfile de vereadores dizendo mais ou menos as mesmas coisas, pois no ano seguinte teriam de sair à rua reivindicando os votos de seus concidadãos.

Sophia estava na outra ala do semicírculo, observando com atenção obstinada tudo que acontecia, mas cobrindo com sua visão de trevas a mãe e seu marido. Encabulada, porque parecia estar cometendo uma falta indecorosa, pois era filha daquela mulher, a filha do doutor Madeira. Não se exponha tanto, dona Lúcia! Sentia vontade de dizer aquilo, mas estava muito longe, muito encolhida, muito envergonhada. Jamais conseguira ver a mãe em público junto com seu ex-empregado sem sofrer alguns repuxos na vontade. E a dona Lúcia, que nunca tinha perdido o gostinho de se defrontar com o povo de Pouso do Sossego, exagerava nos gestos de carinho. Para que fique bem claro, ela se justificava com o atual marido.

Quando o Secretário terminou seu discurso e descerrou a placa comemorativa, o padre Teobaldo, que estivera bocejando o tempo todo, resistindo a um sono atroz, e enfarado com os clichês de uma retórica canhestra, saiu a borrifar com água benta a imponente fachada, entrando em seguida no prédio para benzer seu interior.

Capítulo 22

Presa à estrada, presa à escola, presa às necessidades básicas, presa à vida, assim vou pensando. Quero me concentrar nas curvas e ladeiras do caminho, mas não seguro meus pensamentos enquanto meu pai, agora, encosta o queixo no peito e cochila descansando das emoções deste dia em que lhe restituíram algumas liberdades. Se depender de mim, ele ainda vai ser muito feliz, ou, pelo menos, vai ser bem menos infeliz. Não sei o que poderá ser para ele, depois de tanto tempo de confino, o significado de felicidade. Um passo em falso, e perdeu a vidinha a que estava condenado. Arar, plantar, colher. E ainda me vem dizer que não deveria ter saído do campo. O que foi a vida de seu pai? Criou os filhos! Mas só isso? Ele não teve outras aspirações, o meu avô? Nunca sonhou em realizar algo de grandioso, nunca ambicionou alguma coisa que fosse além do trabalho diário, os cuidados com a lavoura, a educação dos filhos?

E educação dos filhos foi apenas ensinar o manejo de ferramentas, a transmissão quase monossilábica de um valor ou outro recebido dos pais deles? Mas que diferença faz tudo isso? Bem dizia aquele alemão: a vontade jamais é saciada e só a arte nos liberta das ilusões da razão, inspiradas pela vontade. Acho que estou misturando tudo e o oco da minha boca fica amargo — eu me desconcentro.

Quando vi os dois muito coladinhos e fazendo carícias em público sem o menor pudor, pensei com raiva: quero ir muito mais longe do que eles. Aquelas cenas de carícias de maneira acintosa, na frente das pessoas, eram meus momentos de raiva, de insatisfação com a vida. Minha mãe até sugeriu que eu fizesse Agronomia, agora dizendo ser sua paixão, e era mesmo, mas tinha corpo e fisionomia, uma cara de toureiro espanhol, e quando se deu conta, insistiu com Administração, querendo me guiar pelos caminhos que quisesse, por fim, optou por Medicina para ocupar o lugar do doutor Murilo quando ele se aposentasse. Até o fim do jantar eu não abri mais minha boca. Jamais, dona Lúcia, jamais, dona Lúcia, eu subia a escada para meu quarto e repetia mordendo os dentes. Jamais, dona Lúcia, vou sofrer a companhia de vocês um dia, um dia só além da minha independência.

Aqui do alto a gente pode ver a planura imensa de uma várzea verde, que some nos morros azulados pela distância. A brisa, a esta hora, já é bem agradável, pelo menos aqui em cima. Abrindo a janela poderia alcançar as folhas que balançam com preguiça. Ao lado esquerdo, o barranco é escuro e tem rochas encravadas como cicatrizes, veios de umidade descem até a estrada. Acordo meu pai, para que ele desfrute também desta paisagem? Ele agita um braço e suspira. Meu pai. O verdadeiro. O que matou para salvar a honra da esposa e a dele mesmo. O que me emprestou seu próprio sangue. Não. Melhor que durma até a satisfação.

As mesmas curvas, mas agora descendo. E a descida é sempre mais perigosa. Um pé no breque, brusco, dentro de uma curva, e o carro fica desgovernado. Preciso me concentrar na direção. Carrego um tesouro.

Por sorte estamos sozinhos nas alturas. Um carro, que viesse, eu teria de esperar sua passagem neste arremedo de acostamento.

Pelo menos enquanto estou pensando na estrada me alivio de assuntos dolorosos.

Árvores de copas largas não permitem que o sol chegue até a estrada. O barranco, aqui, está sempre úmido, cheio de musgo. Alguns fios de água cruzam o asfalto com brilho escuro. Meu pai joga a cabeça pra trás, por certo dor no pescoço.

Aquela multidão de pernas e eu chorando assustada atrás do piano. Não me lembro qual das gêmeas veio me socorrer. Elas todas da casa da minha avó sempre me trataram com carinho. A indiferença, que eu sentia, era da Lúcia. Principalmente depois, quando o engenheiro-agrônomo veio aumentar os lucros da família. Sempre pensei que minha mãe fosse arranjar outro filho com aquele toureiro. Ela dizia: isso tudo aqui um dia vai ser seu, deixe de ser boba. Me dizia aquilo pra me enganar? Não arranjou. Era o meu avô, num acidente de carro. O povo todo dentro da sala da minha avó, aquele barulho de pés se arrastando e choro com baba e palavras cochichadas e abraços e tapas nas costas e eu perdida atrás do piano, esquecida lá, ninguém se preocupava comigo. Até que ela veio e me ergueu até seu peito. Qual delas. Ah, o tempo!

A partir de agora o Rivaldo, entendeu, o Rivaldo é seu pai. Depois de me esconder por tanto tempo a existência de um pai de verdade, deixando que eu me considerasse com uma falha na vida, a falta de um membro, ao ver minhas colegas todas em famílias completas, o homem e a mulher, depois da descoberta de uma história tenebrosa, ela me apresenta seu novo marido como meu pai? Tentaram durante muito tempo todos os tipos de jogos de sedução. Quem, eu? Jamais. Meu pai, agora, carrego pra mim. E deixa que ele durma, que bem merece.

No dia que os empregados colocaram minha mala no carro, um dia frio, caía uma garoa oblíqua, uma garoa muito triste. Só eu, talvez, naquela tarde, estava feliz, mesmo que tivesse de esconder o que sentia. O tal, o Rivaldo, me estendeu a mão em despedida. Seria falta de educação negar um cumprimento. E depois, eu pensava, o toureiro não tem culpa de nada. Encontrou o campo arroteado e plantou. Fiz questão de vir sozinha. Ela, a esposa do Rivaldo, tinha vindo comprar um apartamento que fosse digno da família Madeira, como ela me disse. Os arranjos todos já tinham sido feitos. Era entrar e morar. A cidade toda estava sabendo que a filha da dona Lúcia tinha entrado na faculdade. Algumas pessoas me perguntavam o que eu pretendia estudar. Depois de ouvir minha resposta, ficavam olhando de sobrancelhas erguidas e ficavam quietas como se tivessem entendido. Logo depois, ela me telefonou marcando uma visita. De inspeção, eu percebi. O pessoal cantou, comeu, bebeu até de madrugada e ela voltou contente para Pouso do Sossego.

E como entender sua atitude ao me antecipar uma parte da herança? E ela, a minha querida mãe, em vez de me conceder uma pensão, com que me mantivesse sob seu domínio, botou nas minhas mãos o suficiente para que eu não a importunasse mais. Mas então foi esse o motivo de sua generosidade? Eu morria de vergonha com as mãos do toureiro, em público, bolinando minha mãe. E era ela quem provocava. Jogava seu terceiro marido na cara dos pouso-sosseguenses. Engulam mais este. O primeiro desapareceu sem que se soubesse direito o que tinha acontecido. Que os próprios colegas de circo o afogaram numa lagoa. Uma história em que ninguém acredita, mas que todos aceitam para o conforto da cidade.

Finalmente estamos na várzea, em estrada reta e com visibilidade razoável. Preciso parar no primeiro posto para fazer xixi. O Amâncio vai acordar, mas acho que já descansou o suficiente. E também estou cansada de falar sozinha. Que acorde.

Capítulo 23

No início do inverno, Matilde telefonava com frequência para ter notícias do marido, que tinha deixado em Pouso do Sossego. Bem agasalhada, caminhava inquieta pelos cômodos da casa, a testa enrugada e os olhos vazios, tentando remontar a história daquela demência de Osório. As manhãs, sobretudo, eram dedicadas a tal exercício de memória. Os netos ainda na escola, a filha e o genro cada qual em seu trabalho, ela andava a esmo, como se o movimento lhe trouxesse alguma lembrança. Abria uma janela, recebia o vento frio no rosto, mastigava a friagem vendo casas próximas sem noção de que as via recortando o céu baixo e cinza em figuras geométricas.

Desde que chegara à casa de Amélia, sua filha, vinha tentando montar um relato que a justificasse, mas esbarrava continuamente no início, que, descoberto, talvez explicasse o que poderia ter acontecido para que Osório tivesse a mente enfraquecida como aconteceu. Mal se lembrava que a partir de algum momento, um momento impreciso, ele começara a se embebedar. Sempre calado, os olhos imensos e um semblante pasmo de quem ouve vozes vindas das paredes.

Muitas vezes, quando bêbado, punha-se a chorar.

Mas em que época tudo começou? Algum tempo depois começou a acordar a qualquer hora da noite, gritando com suas assombrações, que procurava afugentar, muitas vezes, com socos para o alto.

A mente de uma pessoa, como é que funciona? Era uma ideia espantosa, essa, e Matilde procurava agasalhar-se ainda mais. Então, uma pessoa que em todos os sentidos parece uma pessoa sã pode estar assim tão perto da insanidade? E não se tem o controle das fronteiras entre os dois estados, para saber se tênues como um fio de cabelo, oscilantes e irregulares, ou firmes, intransponíveis montanhas.

O que os médicos lhe disseram foi de pouca serventia. Era preciso interpretar, botar num outro tipo de linguagem, mas talvez nem isso ajudasse muito. O mundo, Matilde concluía abismada, o mundo é coberto de muitos mistérios. Impossível decifrar tudo o que acontece. Um dos médicos consultados insistiu muito com Matilde para que ela se lembrasse do que acontecia na época em que tudo tinha começado. Mas se lembrar como, se começou sem que ninguém percebesse?

Numa terça-feira, manhã pelo meio, Matilde, sufocada, abriu num gesto brusco a janela da sala. O que entrou, além do frio, foi um ar que deu a sensação de nuvens volatilizando-se. Matilde não recuou e seu rosto esbraseado mergulhou na brisa pesada e úmida. O que entrou também pelos seus olhos foi um calhambeque desconjuntado, lento, fumarento, gritando o anúncio de frutas e legumes. Dois cachorros acompanharam o caminhão, correndo e latindo até a esquina, e voltaram mostrando a língua, muito satisfeitos. A mulher passou a mão pelo rosto, querendo apagar alguma lembrança.

Dois enfermeiros desceram de uma ambulância velha e descolorida. Um deles afirmou em voz cochichada que deveriam levar Osório para alguns exames. Ela mesma, Matilde, havia pedido aquilo. Estava dormindo, apesar da hora.

Osório vinha evitando dormir à noite, quando eles apareciam. De manhã, o sono chegava avassalador, e Osório se jogava na cama, vestido do jeito que estava.

No quarto, foi preciso sacudir seus braços e sua cabeça e gritar por cima do homem. Assustado, Osório sentou-se fazendo menção de esmurrar aquelas aparições, mas os uniformes brancos não tinham nada de assombração.

Ao saber que seria levado para alguns exames, Osório pulou da cama e gritou por Matilde, dizendo que não ia: Não vou, daqui eu não saio. Vão embora, xô, ninguém me tira daqui.

Um dos enfermeiros, o mais experiente, conversou muito manso, que era para o bem dele mesmo, que um médico gostaria de falar com ele, fazer algumas perguntas, receitar algum medicamento.

— Mas eu não tenho nada! — Osório, tentando encerrar o assunto.

As visões noturnas, que agora até durante o dia deram de aparecer. Seus pesadelos, os gritos com que tentava espantar as assombrações. Isso não é uma coisa normal, disse o enfermeiro mais experiente.

Osório começou a rir, a rir até perder o fôlego. Isso tudo é invenção minha, ele disse depois de haver rido todo riso de que dispunha. Não existe assombração nenhuma, é só uma necessidade que eu tenho porque ainda não quero morrer.

Quase uma hora de conversa até convencer Osório de que deveria acompanhá-los.

Da janela da sala, Matilde assistiu à entrada de Osório na ambulância que partiu na direção da praça. Até a esquina dois cachorros da vizinhança acompanharam latindo a ambulância e logo voltaram emparelhados, correndo e mostrando as línguas, um ar muito satisfeito com o trabalho realizado.

Capítulo 24

Detesto banheiro de posto de combustível na estrada. O cheiro, a umidade ambígua do ladrilho, as doenças que já se despejaram no vaso antes da minha entrada. Mas também detesto ficar sem opções.

O ruído dos pneus transforma-se em chuva seca ao subirmos do asfalto para o saibro.

Meu pai acorda assustado. Chegamos?, ele pergunta com voz um tanto rouca, porém infantilizada pelo sentido da pergunta.

Penso em dizer que é uma tarde alegre, mas estou em dúvida. O sol que nos persegue pelas costas já não tem muita força, e, amarelo como está, a pequena distância que o separa dos morros que deixamos para trás, a claridade quase opaca dando um resto de vida aos prédios baixos do posto, ah, não, a paisagem, em si, nunca é alegre ou triste, mas esta visão me deixa melancólica. Ele me diz que também quer descer, espichar um pouco as pernas, e aciono o botão da trava elétrica. O cheiro nauseante dos combustíveis: gasolina, diesel e etanol. Meu pai ergue a cabeça respirando com saudade e se enche de um perfume de que mal se lembra.

Digo a ele que para o motor do meu carro é quase indiferente usar gasolina ou etanol, ele não acredita.

— Mas não mistura tudo?

Enquanto caminhamos na direção dos banheiros, vou explicando como funciona um motor flex, as vantagens e desvantagens, as oscilações de preços, o controle que se faz. Ele não consegue fechar a boca. Nunca tinha imaginado uma possibilidade dessas. Na penitenciária alguém tinha falado qualquer coisa sobre isso, mas preso gosta muito de mentir, contar vantagem. Principalmente os calouros, recém-chegados, em busca de prestígio. O mundo lá fora. Eram as notícias desse mundo fabuloso, o mundo lá fora, notícias nem sempre verdadeiras, algumas que enchiam os presos de esperança. Me conta que o sonho com um terremoto, uma revolução, qualquer descontrole do mundo era comum entre seus companheiros. Pergunto se ele também não sonhava, e meu pai apenas sorri. Todo mundo livre, acrescenta depois de algum tempo. Muitos deles, diz isso bem sério, quase solene, sem qualquer arrimo no mundo lá fora, ficam prolongando uma pena de que ninguém mais se lembra, e sobejamente cumprida.

Nos separamos, desviando o curso de nossos passos: Homens pra lá, Mulheres pra cá — as duas tabuletas.

A servente da limpeza, uniforme cáqui e botas pretas de borracha que lhe chegam aos joelhos, fica arrumando o coque a se desmanchar em sua nuca, enquanto limpo os sapatos no pano úmido que ela joga na soleira: acabou de lavar o banheiro. O cheiro de creolina me lembra de relance uma das fazendas de minha avó, um cheiro de matar carrapato. Minha mãe tomou conta de tudo, de dona, porque a mãe dela, minha avó, coitada, viveu como um apêndice do doutor Madeira. Um bando que eu nunca tinha visto. Aquelas pernas me assustavam, e ninguém se preocupava comigo. A servente enfia um grampo no coque e se olha no espelho. Concluo que muitas vezes nos enfeitamos para nós mesmas. Ninguém mais aqui além de mim. Ela quer ser bonita pra se ver no espelho, pra se agradar da própria imagem. Pega o balde com duas latas dentro, recolhe o pano onde limpei meus sapatos e se afasta cantando. Nada mais do que tem pediu à vida. Seu canto diminui quando fecho a porta da privada, e ela canta, suponho, porque está chegando sua hora de voltar pra casa e cuidar do que é seu. São assim as pequenas felicidades: pálidas, sem consciência de qualquer desejo.

O cheiro de creolina começa a me causar náusea e lavo as mãos com pressa. Preciso respirar o ar denso, quase visível, com cheiro de gasolina, etanol e diesel.

Paramos ao lado de uma bomba e meu pai, sorrindo, explode: CACHAÇA.

Abasteço agora, explico, porque o próximo posto fica a uma distância pouco menos do que um tanque de combustível. Mas então ainda estamos muito longe! E eu o tranquilizo, Não, paizinho, antes da meia-noite a gente chega lá. Ele se comove com o tratamento carinhoso e me aplica um beijo na testa. Em seguida se mostra decepcionado com o tempo e repete, Antes da meia-noite... Percebo seu cansaço nas olheiras por baixo de olhos descaídos, as pálpebras pesadas.

— Se o senhor preferir, dormimos por aqui mesmo e seguimos a viagem amanhã.

Que não, ele responde, sua maior ansiedade é ver o lugar onde vivo. Quer respirar o ar em que mergulho todos os dias, olhar as paredes que passam a vida a me espiar, ele quer sentir-se imerso no meu ambiente diário. Entrego o cartão de crédito ao frentista e meu pai, sobrancelhas erguidas, Hum, hum, minha filha é uma mulher moderna. Não digo nada, mas percebo que para ele coisas banais tornam-se novidades. Mais de vinte anos, penso com pesar. E é minha vez de lhe acertar a testa com um beijo. Meu amor por este pai, agora todo meu, me arranca algumas lágrimas que ele não entende. O frentista volta com meu cartão enfiado na pequena máquina preta. Digito minha senha, esperamos um pouco antes de pegar meu cartão de volta.

O sol nos pega por trás outra vez quando ganhamos a estrada. Sou obrigada a brecar bruscamente para não atropelar uma porca com seus bacorinhos. Eles atropelam-se assustados com o barulho dos pneus arrastando-se no asfalto. Uma mulher vem até a janela da frente de sua casa e nos espia. Aceno sorridente para ela, que imediatamente se esconde por trás da cortina. Terminada a passagem do séquito suíno, engato a marcha e seguimos viagem.

— Lá no posto — pergunta meu pai —, você estava chorando?

Invento algumas justificativas para minhas lágrimas, que ele não aceita e insiste escavando em seu remorso, perguntando se não estou cansada para prosseguir. Sou obrigada, então, a confessar que me senti muito emocionada ao pensar que ele havia perdido mais de vinte anos para salvar a sua e a honra de sua esposa.

Seu lábio inferior me parece que está tremendo, por isso evito mirá-lo diretamente. Entramos numa reta de alguns quilômetros, e os barrancos laterais parecem encontrar-se no alto de uma colina coberta de eucaliptos. Ainda teremos claridade por umas duas horas e pressiono o acelerador. Não é muito bom ser surpreendido por uma pane qualquer num lugar como este no escuro.

O Amâncio já se acostumou com minha direção, por isso e porque sua pressa deve ter aumentado, desistiu de reclamar da velocidade.

Capítulo 25

A cidade estava consternada. Dois fatos de natureza completamente diferente aconteceram num sábado frio e garoento, com o vento fino lambendo o rosto das pessoas que se aventuravam à rua. As pessoas consternadas olhavam-se em silêncio na manhã cinza.

Na sexta-feira, um carro nunca visto em Pouso do Sossego estacionou na frente da casa de Matilde e Osório. Sua filha tinha vindo para levá-los com ela. Algumas pessoas enfrentaram a noite úmida para anunciar aos amigos aquela notícia inesperada, que atingia o sossego da cidade. Amanhã, embora.

Com as primeiras claridades deste sábado, manhã baça, garoa fria, a notícia correndo pelos corredores, invadindo as cozinhas e salas, onde o povo costuma se espantar com a boca aberta e os olhos abismados. Nos bares tudo se divulgava. Até mulheres, mulheres de bem, algumas, entraram nos bares para saber melhor. Então, hoje mesmo? Depois das notícias confirmadas, ninguém mais teve vontade de falar. Sem ordem nenhuma, os pensamentos vagueavam procurando respostas para a decisão de Matilde.

O movimento na igreja era provavelmente o único sinal de vida em Pouso do Sossego. Apesar do tempo acabrunhado, o interior da igreja ia assumindo uns ares de alegria. Palmas, guirlandas, flores brancas, muitas flores brancas, fitas coloridas e cordões dourados. Na porta, postado como um poste, o segurança de terno escuro e gravata preta com ordem de só deixar entrar os que lá dentro tivessem alguma função. Além de espantar três crianças curiosas que quiseram espiar o trabalho lá dentro, o segurança parecia desnecessário: a praça deserta.

Na sala do sobrado também era sábado de manhã, mas não um sábado comum, com aquela cara de véspera e cheiro de limpeza. Nilce havia contornado a casa pelo lado direito para entrar na cozinha pelos fundos. Estivera comprando verduras e legumes na horta mais próxima e vinha coberta com uma capa de plástico muito velha, pois era inevitável que se sujasse um pouco. Sentada em uma poltrona perto de uma das janelas, Sophia ergueu a cabeça do livro que estava lendo, assustada com o rumor de vozes que chegava pelo corredor. A menina tinha acordado bem mal-humorada e mal-humorada ela continuava. Havia muita gente trabalhando na cozinha, mulheres contratadas para um dia. Aproveitou que tinha erguido a cabeça e espiou o céu baixo e cinza. Nem um pouco propício para melhorar sua disposição de espírito. O cheiro de carne era nauseante, e Sophia resolveu fugir para seu quarto.

Foi quando colocou o pé direito no primeiro degrau que Nilce perguntou:

— Já está sabendo, Sophia?

Então era isso: Nilce trazia de fora alguma novidade que desabou sobre o sobrado, aquela gritaria na cozinha. Sophia interrompeu a subida e encarou a cozinheira, amiga sua.

— Sabendo?

Nilce aproximou-se e contou o que tinha ouvido na horta: que a Matilde.

— Então não vai esperar? — a menina perguntou cheia de malícia.

Nilce apenas sacudiu a cabeça: que não.

— Bem feito!

E, com o livro na mão, Sophia subiu a escada aos pulos — enfim, uma notícia boa.

No quarto, isolada, antes de se botar a ler, Sophia foi espiar a cidade pela janela, a mesma de onde sua mãe viu Teodoro Malabar pela primeira vez. História muitas vezes perto de seu ouvido, mas não o suficiente para que entendesse algumas passagens do passado de Lúcia. E por mais que perguntasse, desconfiando de algo tenebroso, todos se recusavam a lhe revelar qualquer coisa, alegando que mais não sabiam.

Abrigado pela reentrância da porta na frente da igreja, o segurança em posição de sentido. Um caminhão de entregas do supermercado, naquele instante, moveu-se na direção da rua principal. Velhos conhecidos: o caminhão e seu motorista. Duas mulheres subiram as escadarias carregando balaios de flores, e o segurança abriu-lhes a porta, por onde sumiram. Sophia estava ciente do que se fazia lá dentro, e isso estragava novamente seu humor.

Logo ali embaixo de seus pés, Maurício abriu o portão e três carros entraram fazendo ruído no saibro e pararam na frente do sobrado. Alguém correu provavelmente para abrir a porta da sala. Em seguida ouviu palavras volumosas e risos meio descontrolados, como convinha para cumprimentos efusivos. Jogou o livro sobre a mesa e estirou-se na cama. Nem ler se pode, nesta casa!, e teve vontade de chorar. O lábio inferior contraiu-se em movimentos espasmódicos, muito rápidos, mas não houve lágrimas que a ajudassem. Secos seus mananciais, os olhos ardendo, transformou a vontade de chorar em raiva. Uma raiva parada, sem expressão exterior. Os olhos cravados na luminária, assim ela ficou.

Nunca se sentira tão só e seu mundo parecia encolher, reduzido às quatro paredes do quarto, porque mesmo a janela já pertencia ao mundo da ilusão. Nem o movimento da cortina dava-lhe sentido de realidade. Sem qualquer esforço, sem ao menos ter consciência do que lhe acontecia, Sophia recusou-se a tristeza e a raiva para deixar-se invadir por profunda melancolia. Uma esperança muito tênue brotou então em seus olhos parados, que subitamente fulguraram: um dia poderia ter seu pai apenas para si e não estaria mais só. Um dia. Mas quanto tempo ainda a separava desse dia?

Sophia chegou a pensar na retomada da leitura, mas um bocejo aberto imenso e prolongado mecanicamente fechou-lhe os olhos. E fechados eles ficaram até que o mundo exterior foi-se apagando e a menina passou a viver suas visagens descoloridas e movediças.

Só mais tarde, e com as batidas à porta, foi que Sophia abriu os olhos para ver Clara entrando no quarto com pés silenciosos, e perguntando se acordei a menina? Sentada na cama, estremunhada, a menina ainda não estava inteiramente certa do que via até que Clara sentou-se a seu lado. Estão te esperando para o almoço, minha filha. Já estão na sala de jantar todos os familiares do Rivaldo. Querem te conhecer.

Ouviam-se risadas que subiam como fumaça, risadas misturadas com palavras evanescentes e desarticuladas. Trazida dessa forma de volta ao mundo, Sophia não escondeu sua contrariedade. Disse que preferia almoçar no quarto. E o disse em tom ríspido, para não deixar dúvidas. Mas sua mãe mandou te chamar.

— Pois diga à minha mãe que prefiro almoçar no quarto.

Clara afogou Sophia num abraço, Ah, menina, menina, tão cedo teve de aprender muita coisa da vida. Mas por que tanta rebeldia?

Antes de abrir o choro condoída pela menina, Clara levantou-se e prometeu trazer o almoço. Abriu o armário e mostrou a roupa com que deveria, segundo Lúcia, vestir-se para a cerimônia na igreja.

— Pode levar de volta, porque eu não vou a este casamento.

Clara voltou a sentar-se e tentou o recurso do afago para seduzir a menina. Que era apenas uma meia hora, e daria uma boa impressão às pessoas da cidade. Como uma verdadeira família, Sophia.

— E seu Osório, ela desviou o assunto.

— Ah, pois você não sabe? A Matilde foi sozinha. Acabaram de sair, ela e a filha. Não veio aqui se despedir, ela. Aquelas brigas com tua mãe, se lembra? Que o marido foi trapaceado, veja só. Justo tua mãe, sempre tão correta. Mas vamos descer?

Sophia foi à janela e viu as árvores da praça como encolhidas, levando a garoa no lombo. A praça deserta ainda. Seu olhar desceu pela rua principal, passou pela delegacia, foi além da baixada e na direção da Vila da Palha, até onde a vista alcançava a cidade, e pegou o rumo da estrada.

Clara desceu a escada com ruído de taco seco dos sapatos para buscar o almoço de Sophia.

A cidade estava consternada.

Capítulo 26

Quanto esperei por este dia, e agora, que o alcancei, não quero que se finde como um dia qualquer, um dia muito cotidiano, de um cotidiano comum. Ele não pode acabar no cruzamento banal dos ponteiros. É preciso que seu limite seja a eternidade, essa duração que não se mede, e relógio algum pode explicar.

Meu pai está feliz, eu o sinto. A primeira estrela aparece fulgurante por cima dos morros que deixamos para trás. Ele aponta com dedo de menino. Mas não é estrela, meu pai, é Vênus, o planeta do amor. Comemoramos seu aparecimento com gritos de alegria, e meu pai começa a cantar alguma coisa que desconheço, como uma marcha da vitória, e rege um coro imaginário com gestos vigorosos, meu deus, mas onde terá ele aprendido isso tudo? Não posso acreditar que tanto entusiasmo possa existir dentro de uma prisão, e, enquanto o carro avança para leste despedindo-se das últimas claridades, meu pai segue entoando feliz sua estranha canção.

E ele não para de cantar e é muito forte meu desejo de reger seu coral e então me ponho a cantar também e este exíguo interior já não comporta nossa alegria, por isso paro o carro no acostamento e, sem nada dizer, descemos os dois, e meu pai enlaça minha cintura e nos pomos a dançar na beira da estrada, ao entardecer, numa explosão em que saímos de nós, em puro êxtase, e assim ficamos a cantar e dançar alguma coisa que não é marcha nem valsa e que me parece uma polca, mas não erramos o passo porque vivemos uma alegria desconhecida, que desde hoje cedo mantivemos recalcada, talvez com medo dos excessos.

Só paramos de cantar e dançar porque nossas bocas se enchem de riso. E rimos na beira da estrada, um olhando para o outro, rimos vingados das agruras por que a vida nos fez passar. Rimos soltos, e nosso riso chega às nuvens, às estrelas, rimos como jamais alguém riu na vida. E agora só paramos de rir porque meu pai tem um acesso de tosse. Ele escora-se no carro e faz gestos para que lhe bata nas costas, o que faço com as duas mãos fechadas. A tosse vai passando e ele me olha ameaçado de novo riso. Muito séria, repreendo-o. Tudo de novo, não. Para os raros carros e caminhões que passam na estrada, somos alguém descansando no acostamento. Dois seres, apenas. Um par comum, sem nada de especial. Não sabem nem podem imaginar que estamos construindo um dia que jamais terá fim.

Apesar da claridade escassa, me encanto com o sorriso de meu pai. Um sorriso aberto, mostrando dentes parelhos iluminados pelo brilho de seus olhos. Um homem certo, este cara, correto. Um sorriso destes não pode esconder nada. Sua tez um pouco pálida, agora, só posso imaginar. Estamos os dois ofegantes e sugiro que descansemos nos bancos do carro. Ele não percebe, mas a todo momento eu observo seu rosto com olhar contemplativo e não evito a comparação com Rivaldo, aquele toureiro espanhol. Acabo por confessar a ele que não fui ao segundo casamento da minha mãe. Ameaça nenhuma me demoveu dessa decisão. Meu pai fica em silêncio, mas percebo que está bem satisfeito com minha confissão. Por fim, me diz que não sabe se é certo ou errado o que eu fiz, mas que me aprova. Certo ou errado, meu pai, somos nós que inventamos. E se nós, para nosso conforto, inventamos o certo e o errado, fica decretado que agi certo. Ele concorda e me puxa os cabelos, Esta menina, acrescenta comovido.

As árvores do lado esquerdo da estrada aos poucos transformam-se em sombras monstruosas. O céu, no poente, retém ainda a mancha de um amarelo esmaecido que logo deverá sumir. Nossas respirações voltam ao normal, e eu, com os músculos cansados não só da dança, mas também das emoções, aciono a chave e devolvo o carro à estrada.

Alguns quilômetros à frente existe uma cidade e pergunto a meu pai se não quer descansar em algum hotel.

— E você, está cansada?

Respondo que ainda posso dirigir por algumas horas.

— Pois então vamos em frente.

Este é o dia que não poderá ter fim. Vamos em frente, repito feliz.

Capítulo 27

Se nem a mulher dele aguentou mais, diziam os poucos parentes de Osório, preocupados com o tipo de vida extravagante do primo. Às vezes, passavam-se muitos dias sem que a casa respirasse, ele encerrado lá dentro. Muita gente, à noite, evitava passar pela calçada fronteira por causa dos boatos sobre gritos e grunhidos de criaturas assombrosas. Outras vezes a casa não se abria, ele perambulando pelas ruas. Os parentes ouviam comentários de pessoas que sempre davam notícias, então sacudiam a cabeça e repetiam: coitado. Bem que a Matilde tentou convencê-lo a viajar com ela para a cidade da filha. Poderiam procurar algum tratamento melhor do que tinham tido até então. Ao falarem de bons hospitais, Osório súbito mostrou-se consciente, e seu discurso de meia hora, com argumentos claros e uma lógica devastadora, convenceu mãe e filha de que não adiantaria mais insistir.

Na farmácia do Laerte, um de seus empregados, na volta da barbearia, divulgou o fato. Havia muita gente esperando, e o rapaz não podia perder a oportunidade. Que o próprio Leôncio foi quem contou. Antes de se resolver à mudança, Matilde vinha retendo Osório em casa, longe da bebida. Era uma receita da comadre, madrinha de sua filha. Uma semana sem beber, o mesmo tempo em que curtia casca de limão-cravo em vinagre. Dois limões. No fim do período, botava a água a ferver com duas colheres de mel. Com dois copos da infusão, em três dias Osório nunca mais suportaria o cheiro de qualquer bebida alcoólica. No quarto dia de abstinência, Osório levantou-se manhã cedinho e nem esperou pelo café. Matilde já estava na cozinha quando ele entrou, e o convidou para o desjejum. Que ele olhou com olhar torvo a esposa, os lábios secos e quentes e disse:

— Eu preciso é de cachaça.

Matilde, com bons modos como sempre tratara o marido, mesmo nas situações mais adversas, explicou que só faltavam três dias para o cumprimento do prazo.

— Eu quero agora! — ele disse mais exaltado.

— Mas não, Osório, já tentamos tantas soluções! Vamos tentar mais esta vez. Eu te peço. É a última vez que te peço alguma coisa.

Ele foi até a porta da cozinha, na esperança de fugir, mas a porta estava trancada. Me dá a chave, ele gritava, me dá logo esta chave. Desesperada, Matilde corria em volta da mesa. Foi então que, passando pela pia, vislumbrou sua salvação: uma faca de cortar carne. Empunhou a arma, e, parado, apelou mais uma vez:

— Me dá esta chave, Matilde, senão te degolo aqui mesmo.

Bem assim, o Leôncio contou. Que a partir de então, pediu socorro à filha. Estava com medo de morar sozinha com o marido transtornado daquele jeito.

E andando pelas ruas, Osório falava sozinho, espantando seus fantasmas, com quem já estava quase acostumado. Descia da praça até a delegacia, voltava com seu passo lento para descer novamente. De repente, rumava na direção do hospital pela rua em que antigamente deslizara um córrego com as imundícies da cidade. Quando menos se esperava, lá estava o Osório outra vez subindo da delegacia para a praça. Mesmo comportando-se desvairadamente, como se comportava, ninguém tinha o desplante de o molestar, nem mesmo os meninos que dele se desviavam com medo. Os pais, de quem Osório usufruíra de confiança e respeito, recomendavam: Não aporrinhem a vida do Osório, coitado, ele está doente, mas é um homem bom.

Numa das primeiras manhãs de inverno, Alício, um primo de corpo e sangue distantes de Osório, aproximou-se curioso da aglomeração na frente do bar do Adalberto. Àquela hora, sol apenas anunciado, a delegacia continuava fechada. Um pedreiro, de dentro de sua roupa, disse que estavam esperando o escrivão iniciar o expediente para pedirem uma providência. Alício bem que suspeitou: era seu infortunado primo distante de corpo e sangue. Agachou-se proprietário daquele homem deitado e tomou-lhe a temperatura com as costas da mão. Retirou o próprio blusão com que cobriu Osório.

Deu ordens para que abrigassem o primo no bar do Adalberto, pediu emprestada a bicicleta do pedreiro e desabalou para o hospital. A recepcionista informou que não podia autorizar a saída da ambulância, que era prerrogativa de algum médico. Alício pediu o número do doutor Murilo, Mas é muito cedo!, ela não tinha pressa nenhuma.

Ao saber em que circunstâncias Osório fora encontrado, ao relento e uma fogueira de febre, o diretor do hospital ordenou que passasse o telefone para a recepcionista.

Em uma semana de internação, Osório parece que até engordou um pouco, seu rosto perdeu aquela palidez funérea, e ele não rejeitava comida. Por duas vezes a filha passara mais de uma hora a seu lado, caminhando pelos corredores, sentados no quarto conversando. Matilde se animava com as notícias que chegavam de Pouso do Sossego. Mas na madrugada da quarta-feira, dia marcado para receber alta e acompanhar a filha, Osório sumiu. Sentia-se novamente forte, a despeito das mãos um pouco trêmulas, e não se deixaria prender por ninguém. Nem a polícia, tão treinada em buscas as mais extravagantes, conseguiu localizar Osório, escondido na Vila da Palha, em casa de um companheiro de bar.

A filha tinha seu trabalho, a esposa tinha medo, e Osório, esquecido, voltou às ruas de Pouso do Sossego.

Capítulo 28

Cansado de tanta alegria, só pode ser, a quietude de meu pai. Ele tem os olhos bem abertos como se estivesse atento à paisagem, mas as cores do dia se esvaem, e ele deve estar mesmo é examinando emoções recentes, ainda vibrantes, e remotas, como estas sombras sem delineamento em que aos poucos nos sentimos imersos. Acendo os faróis, que apontam para longe, o incerto, mas nos guiam para frente, onde está o futuro. E não há estabilidade em sua iluminação, mesmo assim é nosso equilíbrio, um equilíbrio precário, é certo, com o qual, todavia, prosseguimos no leito da estrada. Não nos assustam curvas e lombadas, não nos assustam pedras e barrancos, pois nosso destino somos nós que traçamos e o traçamos com liberdade.

Hoje é o dia que não acaba. Hoje é o viver que escolhemos no emaranhado de nossas circunstâncias.

À frente, uma ponte em conserto, e temos de parar na fila à espera que outros, os que vêm de lá, passem primeiro. Nossa vez vai chegar, meu pai, fique calmo.

— O que é isso? — ele me pergunta espantado, como se estivesse acordando.

Na vinda, explico, um homem de uniforme abóbora e capacete da cor do céu já comandava a ordem dos que deveriam passar. São os obstáculos, meu pai, existentes em todos os caminhos, mas que ultrapassaremos sem que nos deixem marcas perenes. E, enquanto falo, o último carro dos que estão vindo atravessa a ponte e recebemos a permissão de prosseguir viagem.

— Nunca passei por aqui, o Amâncio comenta em voz quase de lamento.

— Eu também, meu querido pai, nunca passei por aqui.

Ele se espanta com o aparente paradoxo e não parece entender quando lhe digo que ninguém mergulha duas vezes no mesmo rio. Tudo muda, senhor Amâncio, tudo é mudança. Nunca passei por aqui, hoje, a esta hora, em sua companhia, guiada por um farolete de um homem com uniforme abóbora e capacete cor do céu. Meu pai sorri e diz que sim, entendeu. Tudo que se faz, então, é pela primeira vez, concluímos em uníssono.

Novamente ele se cala e prende o olhar no clarão dos faróis. Não sei se pensa ou se apenas vê. Mas nada mais ele comenta.

Meu pai é o lado familiar das trevas, foi o que um milhão de vezes ouvi minha mãe e minha avó falarem quando já não conseguiram mais escondê-lo de mim. O nome obscuro de que procuravam me afastar. Mas eu amo as trevas, amo a noite que escondendo revela. O sol pode dar vida, entretanto queima e também mata. De manhã, porque clareia, as pessoas vestem a máscara com que pretendem ser reconhecidas, com que pretendem esconder sua nudez. A luz revela apenas o que é aparente, o que finge ser, porque a percepção da aparência não é ainda conhecimento. Prefiro a noite, em que se pode viajar à intimidade das coisas em silencioso percurso. Amo a lua, com seu rosto suave, que contemplo sem me ferir, com sua luz que afaga, em vez de queimar.

Um dia a Lúcia me chamou e disse: De hoje em diante, este aqui é teu pai, entendeu? Eu entendi, sim, minha mãe, eu entendi para sempre. Entendi que um átimo pode ser mais longo que a eternidade, porque relampejaram em mim meus desejos de jamais me deixar seduzir pela falsidade. Subi para meu quarto, deixando o oco da casa preenchido com meu brado de guerra: Pai eu só tenho um. Devem ter ficado sorrindo das bravatas da menina. Coisa que passa, haverão de ter pensado. Isso em crianças é normal. Com o tempo isso passa. Mas o tempo, senhora minha mãe, é a contínua sucessão dos átimos que, indivisíveis, se acumulam, sem primeiro tampouco último, e neles foi que marquei com a fúria de que dispunha o desejo de ter um pai verdadeiro a quem amar. O toureiro espanhol ficou sendo apenas o homem de minha mãe, aquele a quem ela acariciava em público, impudica, em demonstração de que não temia línguas nem opiniões. Tanta coragem, minha mãe, tanta coragem desperdiçada em uma causa com tanta penúria de nobreza.

Não é dia para curtir tristeza, ainda há pouco dançávamos em volta do carro no acostamento para que nossos corações não explodissem, isso, entretanto, não impede que me vá buscar adolescente, aprendendo a vida, e o que vejo, ou imagino ver, é uma menina triste recusando a mãe, que tem a seu alcance todos os dias, e esperando por um pai que desde o primeiro dia de vida lhe fora negado. Endureci meus contornos, agucei minhas unhas porque imaginava a vida uma luta feroz, e não me ocorria em momento algum sair perdedora.

Meu pai abre a boca em bocejo e tenta alongar os braços, de que ultimamente não tem feito nenhum uso. Ele passa as mãos no rosto afugentando a modorra, em seguida me aborda:

— E o meu companheiro de supermercado, Sophia, que notícia você me dá do Osório?

Meu pai entra por um caminho em que não posso mais evitar a tristeza. E conto tudo que sei, o pouco que sei, porque, naquela época, Pouso do Sossego já era apenas uma lembrança incômoda, que eu evitava a todo custo.

Capítulo 29

Amélia abriu a porta e precipitou-se para dentro de casa, fugindo do frio. Na sala, a penumbra só se interrompia no canto da televisão, que mantinha seus filhos atentos a uma aventura nas estrelas. Sua mãe tricotava uma blusa em que se alternavam faixas pretas e verdes, como luto e esperança: os sentimentos mais próximos. Afundada numa poltrona ao lado esquerdo da mesa, levantou a cabeça. Era Amélia brusca, em fuga, que bateu a porta para conter o inverno do lado de fora. Enquanto atravessava a sala com passos duros, e antes de beijar os filhos, já reclamou, Mas vocês não fecham essa janela?, que ela mesma empurrou com as duas mãos e pancadas secas para interromper a entrada do ar anoitecido. O casal de filhos se deixou beijar com passiva indiferença em relação a este mundo, presos pelos fios de uma paisagem árida, pedregosa, onde se daria o primeiro encontro: talvez de morte.

A filha puxou para perto de Matilde uma cadeira de assento estofado e espaldar alto.

— A senhora está bem, mamãe?

Um ar angustiado, os olhos descaídos, dois vincos ligando as aletas nasais à comissura dos lábios, a testa enrugada, Matilde recolheu seu olhar do fio de lã para responder.

— Seu pai, Amélia.

Amélia puxou a cadeira para mais perto, pedindo voz baixa por causa das crianças, como se isso fosse necessário. Aconteceu alguma coisa com ele?

— Não, filha, não sei se aconteceu, mas é muito tempo sem notícias. Com todo este frio e a falta de juízo do coitado, sabe, isso me preocupa.

Matilde guardou no cesto lãs e agulhas e levantou-se como se fosse um suspiro, Vem, Amélia, a janta, esquentar, que o teu marido.

Tudo em fogo baixo à espera do genro.

Matilde fritou dois bifes como ele preferia. E falavam, o tempo todo falando. Amélia fez relato de sua tarde, os detalhes, mesmo os de pouco valor. Necessidade de conversar. A mãe sacudia a cabeça em concordância explícita, mas nada dizia. Até começarem a botar a mesa. Muita preocupação, filha. Este frio. Amélia sentou com os olhos na mãe, que segurava uma cadeira com as duas mãos no final de braços esticados. Sei, mamãe, o frio, mas o que a senhora quer que eu faça? A senhora me acusa por não ter continuado a procura, é isso? Que não, meu deus, e algumas lágrimas se empurrando na saída.

Quase um tropeço na conversa, um mal-entendido. Foi com pressa, então, que Matilde explicou: só queria que a filha voltasse a Pouso do Sossego e trouxesse Osório com ela.

Quando o marido começou a se servir, os bifes com cebola por cima do arroz, Amélia, com o assunto já resolvido, avisou que viajaria na manhã seguinte.

— Preciso que você leve umas instruções por escrito e entregue à Cecília amanhã de manhã. Tudo bem?

Muito perto de novas lágrimas, Matilde explicou ao genro a situação, seus cuidados com o marido, a necessidade de uma internação, algum tratamento, o coitado não podia ficar assim, como se não tivesse ninguém por ele neste mundo. E só parou de falar porque a garganta teve uma espécie de contratura violenta que a fechou por quase meia hora.

Durante mais de quinze dias, comadres, compadres, amigos, conhecidos dos mais antigos e mesmo a polícia andaram farejando as pegadas de Osório. Nos primeiros dias, Amélia comandou as buscas a partir da própria casa do pai. Mas havia questões urgentes a resolver na loja, e os telefonemas de Cecília, frequentes, impertinentes e insistentes acabaram por levá-la de volta para casa, pensando como consolo que, se teve competência para fugir do hospital, teria também para sobreviver. E ponto. Voltou.

Osório só apareceu quando quis. Do hospital rumou para a Vila da Palha, escolhendo as ruas mais escuras. Deitou-se entre os arbustos de um terreno baldio e esperou sem pressa o primeiro olho do sol. Sentou-se, alongou os braços e a boca num bocejo feliz de tão forte que se sentia. E sentado ficou observando as janelas e portas fechadas de uma casa do outro lado da rua. Viu quando a velha saiu mancando para a padaria, esperou que ela voltasse, deu mais algum tempo, então atravessou a rua, abriu o portão e bateu à porta. Não teve de esperar muito, como acontece em casa pequena, e seu amigo de bar apareceu, e os dois abraçaram-se com muitos tapas nas costas. Pois não é que eu dava meu amigo Osório por morto! Osório ainda ocupou um terceiro lugar à mesa.

Depois de contar sua história, a pneumonia, o hospital e a intenção de sua filha, pediu asilo por algum tempo. A cara da velha mastigava com o queixo em movimento e mastigando ela ficou. O marido, entretanto, recebeu o pedido como se fosse o convite para uma festa.

Uma semana de cachaça, pouca cachaça, considerando o orçamento minguado do amigo, dominó e dama, os dois enfurnados em casa, foragidos do mundo, Osório, durante um jantar, começou a dar murros para os lados e conversar como se fosse com as paredes. E dava ordens junto com os murros, avisando que poderia ser mais violento ainda. A velha pulou da cadeira e escondeu-se perto do fogão, a um passo da porta dos fundos. O marido foi atrás, acalmando sua velha. Ele é assim mesmo, mas é manso, manso. Não faz mal a ninguém.

A velha voltou com os pés pedindo fuga e passou a noite vendo o escuro do quarto, amedrontada. No dia seguinte pediu ao marido que mandasse Osório procurar outro abrigo e teve de ouvir o argumento de que um abrigo não se encontra assim como quem pisca. Tivesse um pouco de paciência, mais do que isso, alguma piedade pela doença de seu amigo. Mordendo os poucos dentes que lhe restavam, seu queixo não parava, ela esperou ainda uma semana, ao fim da qual cresceu pra cima do marido aos berros, porque esse seu amigo está mas é muito louco. Ainda pode acontecer uma desgraça.

Ouvindo aquilo, aquela conversa que estremecia e atravessava a parede de tábuas separando o quarto da sala, Osório resolveu que já era tempo, ninguém mais, pelas notícias do amigo, lembrava-se dele, por isso apareceu quando quis. Voltou para sua casa.

Prudente, veio descendo por dentro, passou rindo a dois quarteirões do hospital, até sair na rua de sua casa. Parou um instante na esquina, contemplando de longe a fachada nova, de quando fechou o armazém. Não conseguia mais se lembrar de seu aspecto anterior, do tempo do Armazém Figueiredo, mas era quase física a sensação recuperada de sua dignidade perdida. Então lembrou-se de Matilde e deu um tapa na testa. Que merda!, e teve vontade de que o mundo explodisse em trilhões de fragmentos para a eternidade girando no espaço. Que merda!, ele repetiu mais baixo, e continuou andando.

Tanto tempo sem ver sua casa, aproximou-se dela como se o fizesse pela primeira vez. Foi só quando com ela se defrontou cara a cara que percebeu o portão aberto e sentiu um ácido ruim escorrer-lhe do estômago para a boca. Tanto tempo! Tanto tempo é quanto?

Mas lá dentro alguém cantava e era voz de mulher, Matilde, Amélia, alguma comadre, suas pernas tremiam, suas têmporas latejavam, a respiração tornou-se difícil, fugir, espiar, esconder-se novamente, que fazer?

O mundo adernou e Osório escorou-se na parede. Esperou por alguns segundos até que o planeta voltasse à sua posição normal. Voz conhecida não era. Alguém, então, quer dizer que, na minha casa? Revoltado com a ideia de invasores, escancarou a porta da cozinha, de onde vinha a canção antiga. Uma mulher tranquilamente passava roupa, enquanto, na pia, o vapor do café recém-passado subia contorcendo-se.

— Mas o que é isso?

Sua voz, distorcida pela emoção forte, pareceu um guincho de animal ferido.

Sobre uma cadeira ao lado da mesa, uma pilha de roupas já passadas. Dentro de uma caixa de papelão, um amontoado de roupa lavada.

— Mas então o que é isso?

Mais calmo, pois não tinha assustado a mulher, que mal virou a cabeça para ele, Osório melhorou o desempenho de sua voz. Avançou dois passos, ainda um tanto ressabiado.

A mulher que passava roupa pareceu assustada.

— Meu deus do céu, o senhor é o seu Osório, criatura, o seu Osório do supermercado, aquele homem tão distinto que já foi meu chefe e olhe só como anda, Cristo Jesus, uma roupa que já fede, como pode uma coisa dessas, seu Osório?

Osório finalmente reconheceu uma das serventes do supermercado.

— E o que é que você faz aqui, mulher, com ordem de quem?

— Desde que o senhor sumiu, dona Lúcia me disse assim que eu desse uma geral na sua casa e nas roupas do senhor. Até mandou umas latas e pacotes com mantimento.

Ao ouvir o nome da antiga sócia, Osório mudou de cor e ficou mudo, estatuado, os olhos muito abertos, quase vidrados. A servente afastou-se na direção da pia e despejou o café na garrafa térmica. Foi o movimento que deflagrou o delírio de Osório. Começou a falar com o doutor Madeira, mas em altos brados, porque é filha sua, filha sua, empurrou a mesa derrubando o ferro de engomar, a culpa não é minha, doutor Madeira, a filha é sua!

A servente não esperou mais e fugiu correndo para a rua, com a mão direita segurando o coração, e, no caminho até o supermercado, ela repetia ofegante, Que coisa, minha Nossa Senhora, que coisa!

Era madrugada quando os fantasmas se afastaram de Osório. Deitado na cama do casal, lembrou-se de Matilde, seus carinhos, sua memória vagueou pelos tempos em que tinha sido um dos comerciantes mais fortes de Pouso do Sossego, um homem de respeito, amigo íntimo da família Madeira, muitas vezes presidente do Comercial, a sociedade da elite do lugar. Sem surpresa e sem mudar de posição, começou a chorar tão baixinho que dava para ouvir lágrimas ardentes a escorrer por seu rosto para se perder no travesseiro.

Estava amanhecendo quando tomou uma resolução. Impossível continuar guardando apenas para si, sem ajuda de ninguém, o peso de um segredo. Seu juramento não tinha mais valor, uma vez que o doutor Madeira era apenas uma palavra oca: sua fisionomia já se tinha diluído inteiramente.

Esquentou e tomou o café da véspera, feito pela empregada do supermercado. Sentou-se numa das poltronas da sala para esperar a hora oportuna. Enquanto isso, cochilou de boca aberta, com extraordinária intensidade, quase com fúria. Sua noite tinha sido tenebrosa, repleta de paixões descontroladas e lembranças tristes. Uma noite de estrelas opacas apagadas.

Apesar de irrisórios e longínquos, os rumores da cidade trouxeram Osório para a sala de sua casa. Ele abriu os olhos, apalpou-se, e a lembrança de suas intenções levantou-o bruscamente. Usou a chave deixada pela servente do supermercado, trancou a porta e saiu apressado.

Quatro quarteirões, pouco mais, até a delegacia.

O escrivão digitava concentrado um texto que, sentado a distância, Osório não podia imaginar o que fosse. O funcionário, revólver dependurado na cinta, não respondera ao cumprimento matutino de Osório. Parou de digitar, cotovelo na escrivaninha, queixo na mão e a testa enrugada. Voltou a digitar sem muita convicção, deletou alguma coisa, disse um palavrão, tudo isso como se apenas os anjos guardiães das delegacias testemunhassem seus gestos. Finalmente, com um sorriso de satisfação, mandou seu boletim de ocorrência para a impressora matricial, cujo ruído preencheu o oco da sala.

Só então voltou o rosto na direção de Osório e, com fingida surpresa, exclamou, Bom dia, seu Osório!, mas o que faz por aqui a uma hora dessas?

— Bem, eu carrego comigo um problema antigo. É um crime de que participei com outros nove companheiros. Eu vim confessar a minha participação. Não aguento mais carregar essa culpa sozinho.

O escrivão levantou-se e, à beira da impressora, destacou um formulário preenchido.

— Ah, então é isso. Mas, seu Osório, o senhor vai ter de voltar outra hora. Neste instante estou de saída pra Porto Cabelo, levando um ladrão de lá que capturamos aqui esta noite. E não posso me atrasar.

E saiu para os fundos, onde o suposto ladrão deveria estar preso.

Osório continuou sentado ainda por uns cinco minutos, pelo menos até ouvir o camburão saindo da garagem. Neste momento, um dos guardas passou pela frente da porta, enfiou a cabeça para dentro e perguntou se ele já tinha sido atendido.

— Já, sim.

Foi a resposta seca de Osório, uma resposta com algum ressentimento. Levantou-se e resignado abandonou a delegacia. Ia seguir pela calçada da esquerda, pensando em passar pela praça, mas o bar do Adalberto, ali na frente, era a paisagem do paraíso. Atravessou a rua e foi saudado com barulho e alegria pelos dois conhecidos, uns aposentados para quem o dia era longo demais.

O saguão estava quase deserto. Amontoado num dos bancos, um homem de barba desgrenhada e suja aguardava o curativo na perna de calça arregaçada até quase o joelho. A ferida com as manchas vermelhas de mercúrio parecia caso antigo, uma eternidade, um mal de nascença. O homem, concentrado em sua dor, não percebeu a entrada de Amélia, que se dirigiu à recepção, perguntando pelo doutor Murilo. Só depois das oito, ela ouviu como resposta. Na parede, por trás do balcão, o quadro de uma enfermeira com o dedo nos lábios alegorizando o silêncio. As paredes, em volta, cobertas de cartazes recomendando hábitos, advertindo sobre doenças, chamando os idosos para uma vacina antigripal.

Amélia escolheu para sentar um lugar bem distante do homem de barba desgrenhada e suja, porque o aspecto de sua ferida causava-lhe um tanto de horror e bastante asco. O asco, por imaginar o fedor que aquilo exalava, e o horror, por saber que toda carne é corruptível àquele ponto. Sentou-se com os pensamentos procurando alguma coisa em que se fixar, mas demorou muito até que apagassem a imagem purulenta da ferida e parassem de revolutear entre sua cabeça e o alto teto do saguão, de onde uma lâmpada meio moribunda proporcionava uma claridade inútil àquela hora de sol entrando por portas e janelas junto com um vento frio, bastante úmido.

Um quarto de hora mais tarde, começaram a chegar outros pacientes, sentando-se depois de pegar a senha. A maioria arrastando os pés na idade. Não, se não é consulta, não precisa. E Amélia voltou para seu lugar. O movimento começava a aumentar. Homens e mulheres vestidos de branco ou apenas cobertos de guarda-pó entravam e saíam agora sem parar. Amélia olhava para eles sem desenquadrar a recepcionista de sua visão.

Demorou ainda algum tempo até que recebesse o convite para se aproximar. O corredor da direita, primeira porta à esquerda. O doutor Murilo está esperando a senhora.

Sentou-se um pouco nervosa, gotículas de suor brotando no lábio superior, seus olhos buliçosos, sem se fixar em nada. O diretor do hospital percebeu o embaraço da mulher e tentou ajudá-la. A senhora precisa de alguma ajuda?, ele falou com um acento paternal na voz.

— Bem, doutor, é o meu pai. Ele já esteve aqui no hospital se tratando de uma pneumonia. Tinha combinado de levar ele comigo, mas ele fugiu. O senhor tem alguma notícia do meu pai?

O médico enrugou a testa, surpreso, e perguntou se Amélia não tinha passado primeiro pela casa dele.

— Na verdade, doutor, eu queria primeiro conversar com o senhor. Saber o que se pode fazer por ele.

— Ah, dona Amélia, não é este seu nome?, pois é, seu pai reapareceu, ninguém sabe por onde andou umas duas semanas. Mas já está em casa.

— Então, doutor, o que eu queria saber é se a gente pode levar meu pai à força daqui e internar ele pra tratamento.

O doutor Murilo sacudiu de leve a cabeça, com fisionomia de dor?, talvez desalento, e estralou a língua nos dentes. Vocês desistiram de seu pai cedo demais. Cedo demais. E continuava sacudindo a cabeça.

— Mas então, doutor?

— O Osório tem lá seus delírios e quando bebe fica pior, mas volta sempre à realidade.

— E neste caso?

— Neste caso vocês não podem fazer nada além de tentar a sedução. A senhora me parece uma pessoa sedutora.

Amélia sorriu sem graça, maliciosa e com o rosto febril, muito vermelho.

— Imagino, portanto, que vai conseguir induzir seu pai a ajudar na busca de uma solução.

O médico levantou-se e esperou que Amélia fizesse o mesmo. Mas que não esquecesse: contra a vontade de uma pessoa consciente, nada se pode fazer. Sim, mesmo que tenha momentos de delírio. A mulher agradeceu, apertou a mão do doutor e despediu-se prometendo falar com o pai.

Amélia foi encontrar Osório sentado ao volante com a porta do carro aberta. Chegou fazendo festa, um pouco falsa por causa do exagero.

— Vai sair, paizinho?

Ele sorria, máscara rígida, ainda assustado com a presença da filha, e descendo do carro explicou que não podia dirigir por enquanto. Tinha feito algumas barbeiragens e o delegado lhe tomara a carteira de motorista. Os dois riram muito da situação, disseram palavras de cumprimento, as convencionais, e entraram pela porta dos fundos, pois Amélia concordou que não, não tinha tomado café ainda.

Antes de entrar na cozinha, a filha voltou-se para ver melhor o quintal. Debaixo da laranjeira, quando criança, construíra muitas mansões e organizara muitas famílias. Ao lado, a casa das ferramentas era o lugar onde sua caixa de brinquedos ficava em silêncio dias e dias à sua espera. No galho da goiabeira, o mesmo galho que agora via, o balanço que um dia a jogara sentada no chão depois de arrebentar-se uma das cordas. Poucas coisas continuavam de seu tempo, e Amélia entrou quase chorando atrás do pai. Quando Osório a serviu de café, finalmente suspirou sua queixa, Mas pai, isto aqui tudo está num abandono de fazer dó! O pai, ainda mais magro do que no tempo em que esteve internado, limitou-se a erguer os ombros, sem mover um único músculo do rosto.

Enquanto a filha mastigava, Osório percebeu que ela fixava a atenção em suas mãos e as recolheu para baixo da mesa. Estavam encardidas e nas pontas dos dedos as unhas grandes com sujeira escura por baixo. Há quanto tempo não se lembrava de limpar as unhas? De maneira disfarçada olhou para baixo. Quanto tempo?

— Pai, escuta aqui, o senhor vem comigo, nós damos um jeito de alugar uma casa para o senhor no nosso bairro até que se venda esta casa aqui. Com o valor desta, o senhor compra duas no meu bairro. Lá nós vamos cuidar do senhor. E se o senhor deixar a bebida, a mamãe quem sabe até concorda em morar junto outra vez. Seus netos, pai, eles sempre perguntam como é que vai o vovô. Sua fraqueza, meu pai querido, está no rosto pálido e cavado, nos braços sem carne, até no seu modo de andar. Ah, não, isso não é vida.

Osório por fim escondeu as mãos nos bolsos. Sua filha tinha uma voz mansa, desprovida de qualquer tom de ameaça. Estava ainda indeciso, mesmo assim prometeu:

— Sim, eu vou. Mas não agora. Tenho umas questões pra resolver aqui em Pouso do Sossego. Logo que estiver livre, te telefono.

Passava das dez horas da quinta-feira quando Amélia se despediu do pai bem leve de tanto otimismo. Seu pequeno discurso fora realmente muito sensato.

Naquela tarde, Osório procurou a delegacia, mas não encontrou o escrivão. Resolveu abster-se tanto quanto possível da bebida, pois tinha uma confissão a fazer e esperava convencer o funcionário da veracidade de sua história. Na sexta-feira voltou lá duas vezes sem sucesso. Na segunda, foi enxotado por um dos policiais, um novato que não sabia quem tinha sido Osório Figueiredo. Quem é você, que me escorraça como um cachorro?, Osório gritava a cada três passos olhando para trás.

Quando voltou à delegacia, no sábado à tarde, encontrou tudo parcialmente fechado. Agora só na segunda, informou um guarda de plantão. Osório pediu para esperar ali, no saguão escuro da delegacia, que a chuva amainasse. Que não, não podia porque era preciso fechar a porta. Só casos de urgência, disse o guarda.

A chuva atravessou-lhe a roupa e encontrou uma pele eriçada e rija; o frio, esse chegou-lhe aos ossos. E foi com os músculos retesados, o corpo encolhido, que Osório atravessou a rua. O bar do Adalberto, sua salvação. Como resistir à chuva e ao frio sem pelo menos um copo de cachaça? Problema nenhum, se o escrivão só na segunda.

A chuva encharcou a madrugada do domingo, mas esgotou-se antes de o Sol aparecer entre os galhos das sibipirunas e das seringueiras da praça, por trás da torre da igreja. Indiferente ao frio e à umidade, o sino anunciou o serviço religioso, e os casais, com seus filhos vistosamente enfarpelados, começaram a chegar, a pé, os moradores das redondezas; de automóvel, os fiéis das distâncias e alguns mais afetados e pomposos.

Um corpo. Um corpo na escada do coreto. Algumas famílias passaram pela aleia sem perceber, mas em pouco tempo uma chusma de crianças rodeava um corpo caído nos degraus de cimento da escada. A notícia não demorou a espalhar-se, e até mesmo dentro da igreja se cochichava: um corpo de homem no coreto.

Laerte, o dono da farmácia da esquina, vinha descendo de óculos, terno e gravata, como era seu uso de preferência, quando notou a aglomeração. Como quase-médico, que se considerava, achou de seu dever verificar o que acontecia. Espantou a meninada, abriu uma clareira em volta do corpo para examiná-lo. Era um corpo dentro de roupas molhadas, caído de borco e imóvel. O farmacêutico, com a ajuda de alguns meninos, virou o corpo e pulou para trás, assustado com o rosto escalavrado de Osório.

Ele já estava frio.

Capítulo 30

As portas todas estão abertas, mas nenhuma delas mostra o que existe além. Um campo coberto de relva em florida primavera? Uma fornalha escorrendo céu abaixo sobre saibro grosso e areia escaldante? Um jardim cortado por córregos ciciantes ou um despenhadeiro repleto de urzes, cardos e espinhos? Como saber, se além das portas abertas nada se vê senão sombras informes? Mas é imperioso que se ande para frente. E meu pai sabe muito bem de tudo isso. O passado reclama seu espaço na memória, pois é o único lugar em que poderá sobreviver, e assim mesmo pressionado pelo presente, que apenas lhe deixa algumas fissuras onde se abrigar. Não pode, contudo, ser posto novamente de pé, pois não tem mais base em que se sustente.

E o tempo, o tempo, o tempo? Somos obrigados a rolar sobre sua esteira, mesmo sendo este ser invisível, do qual só conhecemos vestígios deixados como rastros em sua passagem. Seu fragor ou seu peso não passam de necessidades nossas, com que inutilmente tentamos dominar o caos sob nossos pés. Este carro, agora, ligando os pontos do espaço, é expressão do tempo. Mas logo mais, parado enquanto descansamos, não vai expressar coisa alguma, a não ser o espaço que, imóvel como um ponto, ele ocupa.

À nossa frente, a estrada, que se desenrola à medida que avançamos iluminando-a. Pensar em um destino, um lugar de chegada, é o mesmo que aceitar um ponto-final. Resta-nos ainda uma vida, por isso não queremos chegar. Nossa liberdade é que nos mantém em movimento, e o futuro tem a extensão de muitos planetas. São nossos todos os caminhos que percorremos, e estrada, estrada, meu querido pai, estrada, onde acaba inicia.

Tudo que inventamos são palavras com que a consciência tem a pretensão de conhecer a realidade. Que sabes tu de mim, que me criei à tua revelia e que agora te conduzo abonada pelo nome de filha? Que sei eu de ti, cuja ausência tornou-se um pedaço de mim, e se te construí com palavras e pedaços de palavras, esses símbolos tão movediços como a brisa que vem e vai? São nossas tristezas ou nossas alegrias o elo que nos une?

Enquanto te esperei, tentei desvendar o mundo para que fosse nosso. Por fim, descubro que nem a mim mesma encontrei, senão uma imagem fugidia, que te ofereço neste holocausto do amor filial. Sei que as cinzas desta ara fertilizarão nossas vidas. E por isso é que seremos eternos.

Vem, meu pai, não nos detenham as sombras à margem da estrada, que o mundo é mudança constante, e o que foi ontem já não é hoje, tampouco será amanhã. Desbravemos nosso próprio caminho e entremos por qualquer uma das muitas portas à nossa frente, pois de nenhuma delas temos o mapa, nem podemos saber o que se oculta além de seus batentes, contudo, andar e andar, andar é o que a nós compete.

Conheça os dois primeiros títulos da trilogia *Tempus fugit*:

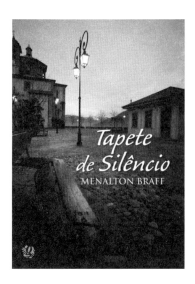

O que fariam dez homens reunidos no coreto da praça da Matriz de Pouso do Sossego, numa noite chuvosa? Entre cochichos, risos abafados e pigarros, eles aguardam a meia-noite. Liderados pelo comerciante Osório, esses respeitáveis senhores de bem têm um dever a cumprir: manter a ordem e a honra do lugar onde vivem.

Tendo como cenário uma pequena cidade interiorana, nomeada ironicamente Pouso do Sossego, o autor cria dois planos narrativos: o primeiro tem a duração de uma noite e é narrado em primeira pessoa por Osório, cujo olhar conduz o leitor por essa longa e trágica noite; no segundo plano, batizado de "Coro", um narrador em terceira pessoa retoma episódios do passado.

Presente e passado dialogam ao longo do romance, num jogo de sombra e luz: as ações do presente são envolvidas pela noite, pela chuva, por sombras e vultos, ódios e rancores; os acontecimentos do passado desfilam coloridos, sobretudo pela chegada à cidade de ruidosa e alegre companhia circense.

Neste segundo volume da trilogia *Tempus fugit*, que teve início com *Tapete de Silêncio* (Global, 2011), Lúcia, a filha rebelde do todo-poderoso doutor Madeira, retorna a Pouso do Sossego após três anos de um exílio involuntário na casa dos avós, ao qual foi submetida por ter desonrado o nome da tradicional família.

A voz narrativa é dela, Lúcia, que faz o leitor mergulhar em seus pensamentos ora insurgentes contra a mediocridade dos costumes locais, ora contraditórios, já que aceita sem contestação, ainda que com alguma dose de ironia, a mão estendida do pai para salvá-la de possíveis infortúnios.

O resultado dessa dualidade conforma uma narrativa em que se digladiam o tempo inteiro os modos do ser e do parecer. A ironia constitui o tempero neste romance, desde seu título. Batizado de *Pouso do Sossego*, em uma leitura distraída, aquela que decodifica apenas as linhas e não imerge nas águas profundas das entrelinhas, a história narrada pelo olhar da protagonista pode afigurar-se paradoxal.

Neste livro, Menalton Braff ata e desata os nós de um conflito íntimo permanentemente vigiado por olhares e julgamentos alheios. E faz isso por meio de um depurado estilo que envolve e hipnotiza o leitor, convidando-o a desfrutar de uma história finamente arquitetada que investiga a alma humana em sua complexidade. Ser ou parecer? Passar pela vida atrás de uma máscara que à maioria contenta ou rasgá-la e livrar-se dela?

IMPRESSÃO E ACABAMENTO: GRAPHIUM